무림영주

武林
領主

무림영주

武林領主

윤지겸 퓨전 판타지 소설

①

목 차

서장

「헤인스, 이 할아버지 고향이 어디라고 했지?」

「중원이요.」

「그래, 이곳과는 전혀 다른 세상. 중원이라고 불리는 곳이란다. 너와 내가 이렇게 검은 머리에 검은 눈을 가지고 있는 이유도 그 때문이지.」

「중원 이야기 더 해주세요.」

「그래, 그러자꾸나. 할아버지의 원래 가문은, 그곳 중원에서 이름 높은 명문인 담씨세가였단다.」

아, 꿈인가? 흐음, 할아버지가 돌아가시고 꿈을 꾼 건 처음이군.

내 이름은 헤인스다.

아페리온 대륙 최강국인 케르네스 제국의 대귀족 가문, 드레이크 공작가의 유일한 후계자다.

그리고 내 할아버지는 케르네스 제국 역사상 왕족이 아닌데도 공작의 작위를 받은 유일한 분이며, 케르네스 제국 유일한 마스터이자, 황제 폐하를 제외한 모든 사람을 발아래에 두신 케인 드레이크 공작이시다.

당연히 내 아버지는 그런 할아버지의 아들이고, 지금은 할아버지의 작위를 이어받아 드레이크 공작이 되셨다.

그런데 할아버지에게는 케인 드레이크가 아닌 또 다른 이름, '담기령'이라는 이름이 있었다.

아페리온 대륙이 아닌 다른 세계, 달과 별자리가 다른 하늘 아래, 중원이라는 곳이 할아버지의 고향이기 때문이다.

할아버지는 할머니의 피를 이어받아 금발에 푸른 눈인 아버지보다, 당신처럼 검은 머리에 검은 눈을 가졌을 뿐만 아니라, 얼굴까지도 할아버지를 빼다 박은 듯 닮은 나를 아주 아껴주셨다.

나 또한 그런 할아버지가 좋아서, 어려서부터 할아버지의 무릎에 앉아 그 중원이라는 세상의 이야기를 듣는 것을 가장 좋아했었다.

누군가는 말도 안 되는 이야기라고 할 수도 있다. 하지만 케르네스 제국의 유일한 마스터이신 할아버지가 그런 거짓말을 하실 리가 없다고 생각했다.

그리고 지금은 할아버지가 마스터가 아니라 깊은 산속 화전민 마을의 촌로라 해도 그 말을 믿는다.

왜냐고?

어젯밤에 분명 내 방에서 잠들었던 내가 지금 중원에 와 있으니까.

아, 물론 지금 내가 중원에 와 있기 때문에 할아버지를 믿는다는 건 절대 아니다. 나는 원래 할아버지의 이야기를 철석같이 믿고 있었다.

진짜다.

아무튼……. 여기가 중원이라는 건 어떻게 아느냐고?

지금 내 주위에 있는 시체들 때문이다. 죽은 이들의 생김새가 할아버지나 나와 비슷하기 때문이다.

아, 절대 내가 죽인 건 아니다. 깨어나 보니 시체들 사이에 누워 있었으니까.

그리고 무엇보다 확실한 것은, 방금 전 시체들 틈에서 일어난 한 녀석이 처음 보는 나에게 뜬금없는 부탁을 하고 숨이 끊어졌기 때문이다. 어려서부터 머리에 쥐가 나도록 배웠던 중원의 말로.

그러니 여기는 할아버지의 고향인 중원이 분명하다.

그렇다면 이제 나는 무엇을 해야 할까?

중원으로 오기 전 나는 공작령의 확실한 후계자였다. 단순히 내가 아버지의 외아들이라서가 아니었다.

무려 이 년 동안 전장에 나가 있었고, 거기에 더해 삼 년 동안 작은 영지를 운영해 보기까지 했다. 겨우 스물둘의 나이에 말이다. 물론, 내가 자발적으로 한 건 아니다. 아버지의 명령 때문에 어쩔 수 없이 한 일이긴 하다. 어쨌든 그덕에 나는 완벽하게 준비된 영주였다.

그런데 정말 뜬금없이 중원으로 와 버렸다. 어젯밤 잠들 때의 모습 그대로. 입고 있는 옷은 겨우 바지밖에 없고, 지니고 있는 물건이라고 해봐야 항상 몸에 지니고 있던 할아버지의 목걸이, 그리고 양쪽 손목의 '녹스'와 '루나'가 전부다.

말로는 절대 다 표현할 수 없는 기분인 것은 너무나 당연한 일이다.

하지만 갑작스러운 상황에 허탈해 하고, 짜증을 내고, 멍하니 하늘만 보는 것은 방금 전까지 했다.

그러다가 할아버지의 이야기를 되짚으며 돌아갈 방법에 대한 고민 역시 머리에 쥐가 날 정도로 했다.

그렇게 반나절을 고민하고 끙끙거렸으니 이제는 움직여야 할 때다.

다행인지 불행인지 지금 내 상황은 할아버지 때와는 조금 다른 부분이 있다.

할아버지는 정말 아는 사람 하나 없는 망망대해 같은 곳에 뜬금없이 떨어진 상황이었지만, 나는 그렇지 않다.

할아버지의 고향집, 할아버지가 누누이 말씀하셨던 천하제일세가라는 담씨세가가 있다.

일단은 그곳으로 가야겠다.

아까 그 남자가 죽기 직전에 했던 부탁이 마음에 걸리기는 하지만, 당장 내가 어찌할 방법이 없다. 철패 하나 주면서 전해 주라고 말하고는 죽어 버렸으니 말이다. 어디로 전해줘야 할지 알 수가 없으니 일단은 뒤로 미룰 수밖에.

일단 할아버지의 고향집에 가면 뭔가 방법이 생기겠지. 가기 전에 여기 죽은 사람들 시신이나 수습해 주고 가야겠다. 수습하다 보면, 죽은 이들 주머니에서 돈도 조금은 챙길 수 있을 거다. 음, 저기 보니 옷이 깨끗한 시신도 있네.

시체도 수습해 주고 나름대로 묘비도 세워줄 거니 내가 그걸 좀 가지고 갔다고 원한을 품을 사람은 없겠지.

어? 가만……

「헤인스, 이걸 너에게 주마.」

「이게 뭐예요?」

「할아버지의 가문, 담씨세가 적통의 후계자에게 주는 적옥패란다. 혹시, 언젠가 네가 이 할아버지의 고향에 갈 수 있다면, 이 적옥패를 가지고 가서 이 할아버지의 이야기를 전해 주렴. 목걸이로 만들었으니 항상 목에 걸고 있어야 한다. 알았지?」

「응, 알았어요!」

설마 그 약속 때문에 내가 여기로 온 건 아니겠지?

에이…… 설마!

절대 그건 아닐 거다.

절대로…….

1장
천하제일세가, 담씨세가

"이거 영 찜찜한데?"

갈색 갈기의 말 한 마리가 잘 닦인 길을 따라 걷고 있었다. 말은 경쾌하게 발굽을 굴리고 있었고 그에 따라 마상에 앉은 사내, 헤인스 드레이크의 상체 역시 기분 좋게 앞뒤로 흔들리고 있었다.

하지만 그런 경쾌한 흔들림과 달리 헤인스의 표정은 방금 중얼거린 말 만큼이나 찜찜했다.

그리고 그 찜찜한 표정을 한층 더 찜찜하게 만드는 것은, 자신의 느낌을 명확하게 어떤 것이라고 단언할 수 없다는 점이다.

의구심, 혹은 의혹, 그것도 아니면 위화감. 비슷하지만 조금씩 다른 그 느낌들 사이에서 방황하고 있는 것 같은 기분이었다.

한참을 그렇게 고개를 갸웃거리던 헤인스가 고삐를 당기며 고개를 뒤로 돌렸다.

그리고 다시 한 번 중얼거렸다.

"찜찜해."

"몇 번을 말해야 알겠느냐!"

묵직한 호통이 터졌다.

"하지만 그 일은 세가를 위해서는 꼭 필요한 일이었습니다. 우리가 아무리 노력한다 해도 그것을 받아 주는 사람이 없으면 결과는 바뀌지 않습니다. 이제는 우리가 방향을 바꿔야 할 시기입니다."

그리고 누군가의 항변이 이어졌다.

"그따위 변명으로 네 실수를 무마하자는 것이더냐?"

나이는 이제 쉰 살이 넘은 듯 보이는데 머리는 이미 반백이 된 남자, 그리고 두 눈 가득 피곤한 기색을 매달고 있는 젊은 남자. 두 사람은 서로 조금도 양보할 수 없다는 표정으로 서로를 직시하고 있었다.

"변명이 아닙니다. 아버지께서도 제 말이 틀리지 않았다는 것을 아시지 않습니까?"

"허, 그 일로 주변에 있던 사람들이 얼마나 다쳤는지 모르는 게냐? 담씨세가의 후계자라는 놈이 자신의 실수를 그런 식으로 무마하려고 들다니, 그게 얼마나 비겁한 짓인지 모르는 게냐?”

“제가 먼저 그런 게 아니라는 걸 아시지 않습니까?”

“아무리 그렇다 해도 주변을 살피고 행동을 했어야지!”

형형한 안광을 쏟아내는 두 부자의 날선 목소리는 조금도 수그러들 기미가 보이지 않았다.

“도대체 우리 담씨세가가 무엇이 두려워, 그런 근본도 없는 놈들에게 항상 양보를 해야 하는 겁니까?”

“가문의 위상보다는 사람들을 먼저 생각하라는 말이다!”

“세가의 자존심을 지키고 놈들의 방자한 짓거리를 멈추는 것이 더 사람들을 위하는 것입니다!”

“네놈이 끝까지 그리 변명할 셈이냐? 그래, 좋다. 네가 그렇게 자존심을 지킨 결과가 무엇이냐? 철혈대 절반이 부상을 입고 주변 사람들이 피해를 입은 것은 물론, 오히려 세가의 위상만 떨어졌다. 그게 네가 말했던 자존심을 지키는 일이더냐!”

“하지만……”

뭐라 항변하려던 아들의 목소리는 아버지의 독한 한마디에 뚝 끊겼다.

“못난 놈!”

동시에 아들의 입에서 울컥한 외침이 터졌다.

“형이 있었다 해도 저와 똑같이 행동했을 것입니다!”

순간 아버지의 얼굴에 짙은 그늘이 드리워졌다. 아들은 그제야 아차 하는 생각이 들었지만, 이미 뱉은 말을 주워담을 수는 없는 노릇이었다.

"드, 들어가 보겠습니다."

"후우……."

뒤돌아서는 아들의 귓전으로 아버지의 긴 한숨이 날아와 얹혔다.

'아, 할아버지.'

헤인스는 맥이 탁 빠지는 기분이었다. 그가 중원에 와서 할아버지의 고향집으로 가기로 마음먹은 후에 했던 고민은 단 한 가지였다.

할아버지의 고향집을 찾아가 담기령의 손자라고 말을 했는데, 어디서 온 협잡꾼이냐며 쫓겨나는 건 아닐까 하는 걱정이었다. 이곳에서 담기령이라는 사람이 사라진 지 벌써 오십 년 이상 흘렀을 테니 그럴 가능성은 충분했다.

하지만 그 생각은 이내 지워 버렸다.

헤인스는 어렸을 때부터, 할아버지의 지인들에게 케인 드레이크 공작을 판에 박은 듯 닮았다는 말을 들었다.

이쪽 세상에서 케인 드레이크 공작인 담기령이 사라진 지 오십 년이 넘었겠지만, 같은 핏줄인 만큼 자신과 닮은 사람도 있을 거라 생각했다.

그리고 헤인스에게는 할아버지가 물려준, 담씨세가 적통의 후계자에게만 전해진다는 적옥패가 있었다. 그래서 걱정하지 않았다.

그런데 지금 엉뚱한 곳에서 뒤통수를 호되게 얻어맞은 기분이 들었다.

바로 저 멀리 보이는 장원 때문이었다.

"하아!"

헤인스의 입에서 다시 한 번 맥 빠진 한숨이 터졌다.

「이 할아버지의 가문, 그리고 너의 가문이기도 한 담씨세가는 무인들만의 세상인 무림이라는 곳에 속해 있단다. 그리고 담씨세가는 그 무림에서도 홀로 우뚝 솟아 있는 하늘 같은 곳이란다. 모든 무인들이 우러러보며 추앙하던, 전 무림을 호령하는 천하제일의 가문이지. 너는 그런 가문의 후손인 것을 자랑스러워해야 한다.」

헤인스가 어려서부터 할아버지에게 들었던 이야기다. 케르네스 제국의 드레이크 공작가 만큼은 안 되겠지만, 담씨세가 역시 아주 어마어마한 가문일 것이라 생각했다.

그러니 그곳에 가면 운신의 폭도 넓어질 것이고, 지금처럼 막막한 기분도 들지 않을 거라 생각했다.

물론 조금은 허풍이 섞였을 거라고 예상했다. 어떤 사람이든 어느 정도의 허풍은 있는 법이니까. 더군다나 그것이 자신의 가문이라면 더욱더.

거기에 더해서 절대 확인할 길이 없는 허풍이라면 한층 더 과장이 실릴 수밖에 없다.

'할아버지, 당신께서 말씀하신 천하제일의 가문이 이곳인가요? 아무리 그래도 그렇지 허풍이 조금…… 아니, 엄청나게 과하셨습니다.'

헤인스는 마치 할아버지를 보듯, 원망스러운 표정으로 하늘을 쳐다보았다. 그리고 천천히 시선을 내려 저 멀리 보이는 장원을 살펴보았다.

오래된 한 채의 고택이었다. 일반적인 관점에서는 아주 큰 장원인 것도 분명했다.

하지만 아무리 좋게 보아주려 해도 할아버지 담기령이 말했던 천하제일세가의 위용과는 거리가 멀었다.

중원의 사정을 정확히 모르는 헤인스였지만, 눈을 씻고 보아도 영락없는 시골의 장원이었다. 즉, 할아버지의 천하제일세가라는 말은 재고의 여지도 없는 허풍이었다는 뜻이다.

'잘못 찾아왔나?'

헤인스는 혹시나 하는 생각에 기억을 더듬어 보았다. 하지만 사람들에게 들었던 길을 따라 정확하게 온 것이 분명했다.

그래도 믿기가 어려웠는지 헤인스는 공력을 끌어올려 안력을 돋웠다. 그리고 다시 한 번 애매한 표정으로 고개를 내저었다.

장원의 정문 위에 걸린 편액에 선명하게 새겨져 있는 네 글자는 분명 담가숭택이었다.

'그런 거였군.'

헤인스는 그제야 아까부터 기분이 찜찜했던 이유를 깨달았다. 의구심과 의혹, 위화감이 동시에 교차한 까닭도 알 수 있었다.

중원 무림의 세가와 케르네스 제국 귀족가는 분명 다른 개념이었다. 헤인스 역시 그것을 잘 알고 있었다.

하지만 넓은 땅에 많은 소작을 주고, 무력을 소유하며, 해당 지역에 큰 영향력을 행사하는 등 찾아보면 여러 가지 면에서 유사한 점도 많았다.

그렇다면 천하제일 세가가 자리한 곳은 아주 번화하고 인구가 많은 곳이어야 했다.

하지만 헤인스가 지나온 곳은 아주 작지는 않았지만 그리 크지도 않은 수준의 마을이었고, 그리 많은 농지가 보이지도 않았으며, 당연히 세가 외부에서 보여야 할 무인들도 없었다.

그 괴리감으로 인한 위화감이었던 것이다.

함께 느껴졌던 의혹은 그 위화감으로 인한 할아버지에 대한 의심이었고, 의구심은 할아버지가 자신에게 거짓말을 했을지도 모른다는 데서 오는 두려움이었다.

하지만 헤인스는 고개를 내저으며 허탈한 기분을 애써 떨쳐냈다.

'고민하지 말자. 집도 절도 없는 곳에 떨어져서, 이렇게 찾아갈 수 있는 곳이 있다는 사실만으로도 다행스러운 일

이다.'

더불어서 천하제일세가든 시골 동네 토호 수준이든 헤인스에게는 사실 중요하지 않았다. 어차피 집안에 와서 큰 자리를 꿰차겠다는 것도 아니었고, 적옥패를 내밀면서 후계자라고 주장할 생각도 아니었다.

헤인스에게 필요한 것은 몸을 뉠 집이었다. 그런 후에 다시 케르네스 제국의 집으로 돌아갈 방법을 찾으려 했다.

그러니 실망할 필요가 없었다.

마음을 다잡은 헤인스는 다시 천천히 말을 몰았다.

"어?"

하지만 이내 다시 말을 멈출 수밖에 없었다.

아까부터 정문 입구에 서 있던, 보초인 듯 보이는 두 명의 사내 중 한 명이 갑자기 이쪽을 향해 달려왔기 때문이었다.

'뭐, 뭐지?'

무시무시한 기세로 경공을 펼쳐 달려오는 사내의 모습에 헤인스는 온몸에 긴장감이 도는 것을 느끼며 황급히 공력을 끌어올렸다.

두 사람 사이의 거리가 순식간에 좁혀졌다.

"후읍!"

헤인스가 재빨리 숨을 끊으며 안장을 박차고 뛰어오르려는 순간, 바로 앞까지 달려온 사내가 우렁찬 목소리로 외쳤다.

"공자님!"

"에?"

헤인스는 잠시 멍한 표정으로 사내를 보았다. 그리고 다른 누군가가 있나 하는 생각에 슬쩍 뒤를 돌아보았다.

하지만 역시나 사내는 자신을 향해 말한 것이었다. 그것도 눈물까지 글썽이며, 마치 아주 오래전 헤어진 피붙이라도 만난 듯이.

"맞네요. 큰 공자님이 맞아요!"

사내는 두 손으로 박수까지 짝짝 치며 큰소리로 외쳤다. 분명 헤인스를 아주 잘 안다는 듯한 태도. 하지만 헤인스는 맹세코 이 사내를 처음 보았다.

"누구신지?"

헤인스의 입장에서는 아주 당연한 물음에 사내의 얼굴에 갑자기 섭섭한 표정이 번졌다. 하지만 그것도 잠시, 사내가 고삐를 잡고 있는 헤인스의 손을 덥석 잡으며 외쳤다.

"기령 공자님, 이 응천이를 못 알아보시겠습니까? 어렸을 때 공자님과 비무를 했던 기응천이요. 하하, 뭐 그럴 수도 있지요. 벌써 오 년이나 흘렀고, 그사이 제 얼굴이 좀 많이 변했으니까요."

'그러니까 당신 이름이 응천이든 은천이든 내가 그걸 어떻게…… 가만? 뭐라고? 지금 나를 누구라고 부른 거지?'

헤인스는 흠칫한 표정으로 방금 전 사내의 말을 곱씹었다.

'기령? 담씨세가에서 공자라고 불렀으니 당연히 담씨.

그렇다면 담기령? 하지만 그건…… 내 할아버지 이름인데?'

무슨 상황인지 이해할 수 없는 헤인스의 얼굴에 어리둥절한 표정이 떠올랐다. 하지만 기응천이라 자신을 소개한 사내는 그것을 다른 의미로 받은 모양이다.

"하하하, 제 얼굴이 너무 변해서 놀라신 모양이군요."

기응천이 자신은 섭섭하지 않으니 괜찮다는 듯 신경 쓰지 말라며 고개를 주억거린다. 그러다 뭔가 생각났는지 자신의 오른쪽 이마를 가리키며 말했다.

"이거 보십시오. 어렸을 때 겁도 없이 서로 진검으로 비무하다가 공자님이 여기 상처를 내시지 않았습니까?"

'헉, 내가 언제!'

헤인스가 한껏 억울한 표정을 지어 보였지만, 기응천은 고개를 정문 쪽으로 돌리고 있었다.

"뭐하는 겐가! 당장 안으로 들어가서 가주님께 알리게! 큰 공자님이, 기령 공자님이 돌아오셨다고 말이야!"

기응천의 외침에 헤인스는 자신이 잘못 들은 게 아니라는 것을 확인할 수 있었다. 이 기응천이라는 사내는 분명 헤인스를 향해, 헤인스 할아버지의 이름을 불렀다.

헤인스는 아까의 찜찜함과는 또 다른 기분을 느꼈다. 이번에는 근원을 알 수 없는 괴리감이었다.

이곳의 관점에서 볼 때, 헤인스의 할아버지가 실종된 지는 거의 오십 년은 지났다. 그런데 헤인스를 그의 할아버지로 부르는 자가 있다. 그것도 할아버지 담기령과 아주 닮은 얼굴인 헤인스를 향해.

그러던 중 헤인스의 머릿속에 아까 기웅천이 했던 이야기 중 하나가 떠올랐다.

"오 년? 내가 집을 나선 지 벌써 오 년이나 됐나?"

"그러믄요. 공자님께서 실종된 후에, 가주님이 공자님을 찾느라 얼마나 마음고생이 심했는지 아십니까요? 어디 기령 공자님뿐입니까? 작은 공자님, 기명 공자님도 얼마나 애를 썼는데요."

헤인스가 아는 이름이 하나 더 나왔다. 기명, 담기명. 헤인스 할아버지의 동생 이름이었다. 즉, 헤인스에게는 종조부가 되는 사람이 바로 담기명이다.

'시간이 좀 있어야겠는데…….'

지금 이 순간 헤인스에게 가장 필요한 것이었다. 상황을 파악하고, 생각을 정리할 시간.

하지만 헤인스는 그런 차분한 시간을 가질 수 없었다.

"령아, 기령이냐!"

저 멀리, 담가승택의 정문에서 이쪽을 향해, 아까의 기웅천보다 더 무시무시한 속도로 달려오는 오십대 초반 남자가 있었다. 헤인스의 얼굴과 그리고 헤인스의 할아버지인 케인 드레이크 공작과 아주 닮은 남자.

그는 담씨세가의 가주인 담고성이었다.

헤인스는 방금 기웅천이 했던 말을 떠올리며 두 눈을 가늘게 좁혔다.

'내가 만약 할아버지라면 저분은 내 할아버지의 아버지? 그, 그러니까 증조부님?'

그런 생각이 머릿속에 떠올랐지만 헤인스는 애써 고개를 내저었다. 상식적으로 말이 안 되는 일이 아닌가.

헤인스를 향해 달려가는 담고성 뒤에 또 한 사람이 있었다. 두 번째 사람은 헤인스와 비슷한 또래의 남자였는데, 그 사내 역시 헤인스와 닮은 사내였다. 담고성의 둘째 아들, 담기명이었다.

'아까 응천이란 사내가 말한 기명 공자님인가? 그러니까 만약 저 앞의 분이, 만에 하나라도 내 증조부님이라면 저 사람은 내 종조할아버지?'

헤인스가 복잡한 생각 탓에 멍하니 있는 순간, 앞서 달려왔던 사내 담고성이 헤인스 앞에 도착했다.

"이 녀석아, 이 아비를 보고도 그리 멍하니 있는 게냐!"

담고성의 얼굴에 은은한 노기가 떠올랐다. 하지만 그보다는 복받친 감정을 추스르지 못해 눈물이 글썽글썽 한다.

번쩍 정신을 차린 헤인스가 황급히 호흡을 가다듬었다.

'이, 일단은 장단이라도 맞춰주자.'

헤인스는 일단 그렇게 마음을 먹었다. 금방이라도 울 것 같은, 자신과 닮은 주름 가득한 얼굴을 보자니 도저히 아니라고 말하기가 힘들었던 것이다.

물론, 나중에 아니라고 하면 더 큰 실망감이 들 수 있었지만, 헤인스는 거기까지는 생각이 미치지 못했다. 너무 당황스러운 상황이 연달아 들이닥친 탓이었다.

헤인스가 급히 말에서 내려 넙죽 절을 올렸다.

"아버지, 소자 기령이 오 년 만에 인사 올립니다."

헤인스가 할아버지에게 배운 것은, 단순히 이곳 중원의 말과 글만이 아니었다. 중원의 예절 또한 인이 박이도록 배웠기 때문에 제대로 예를 차려 인사할 수 있었다.

담고성이 절을 올리는 헤인스의 어깨를 잡아 일으키며 찬찬히 얼굴을 살펴보았다. 그리고는 이내 두 눈에서 뜨거운 눈물을 주르륵 흘리며 헤인스를 덥석 끌어안았다.

"그동안 어디 있었던 게냐? 내 너를 찾아 얼마나 애를 썼는데, 왜 이제야 나타난 게야?"

"죄송합니다. 그건……."

그때였다.

"형님?"

사내의 뒤를 따라 달려왔던 또 한 명의 남자, 담기명이 헤인스를 보며 말했다. 그리고 연이어 어리둥절한 표정을 짓는 헤인스를 향해, 담고성이 말했다.

"네 동생의 얼굴도 잊은 것이냐?"

"아, 아닙니다."

이왕 장단을 맞춰주기로 한 참이었다.

"그, 그동안 잘 지냈느냐?"

"잘 지내기는요. 형님이 사라지는 바람에 제가 얼마나

고생을 했는지 아십니까?"

담기명의 눈에도 벌써 눈물이 그렁그렁 맺혀 있었다.

'아, 뭔가 실수한 것 같은데…….'

헤인스는 답답한 기분을 느끼면서도 어색하게 담기명의 어깨에 두 손을 얹으며 말했다.

"그, 그래. 그동안 고생이 많았겠구나."

"괜찮습니다. 이제 돌아오시지 않았습니까?"

담기명이 미소를 지으며 말했다. 그리고 담고성이 두 아들의 손을 잡아끌었다.

"일단 들어가자꾸나. 들어가서 그간의 이야기를 들려다오. 어디 있었기에 이 아비를 그리 마음고생을 시켰는지."

헤인스는 서늘한 감각이 등골을 타고 오르는 기분을 느꼈다.

'위험한데? 아직 제대로 생각이 정리가 안 됐는데 이야기하다 보면 뭔가 허점이 드러날지도…….'

시간이 필요했다. 아주 잠깐이라도 생각을 정리하고 앞뒤를 맞출 시간이, 그리고 한 가지 언뜻 머릿속을 스쳤던 한 가지 가설을 확인해 볼 시간이 필요했다.

"아버지, 죄송하지만 먼 길을 오느라 피곤해서 그러는데 일단은 좀 쉬고 이야기를 했으면 합니다."

버릇없어 보일 수도 있지만 그럴싸한 요구였다. 헤인스의 말에 담고성이 크게 고개를 끄덕이며 말했다.

"허허, 그래 내 경황이 없어 그걸 미처 생각 못했구나.

자자, 일단은 들어가자. 네 방은, 네가 떠날 때 그대로 있
으니 어여 들어가자꾸나."

"후우!"

방으로 들어온 헤인스는 크게 숨을 들이마셨다.

기웅천이 자신을 할아버지의 이름으로 부르고, 스스로
아버지라 밝힌 사람과 종조할아버지와 똑같은 이름으로 인
사를 한 남자까지 있는 상황이었다.

아무리 생각이 짧아도, 뭔가 앞뒤가 맞지 않다는 것을 분
명히 알 수 있을 정도다.

'함정일 가능성은 없다고 봐야겠지?'

헤인스는 일단 함정일 가능성에 대해서는 배제하기로 했
다. 자신이 이곳으로 온다는 사실을 누가 알았을 리가 없는
데, 할아버지의 고향집인 담씨세가에서 어떻게 함정을 판단
말인가.

그럴 만한 이유도 없을뿐더러, 자신이 다른 세계로 가 버
린 담기령의 손자라는 사실 또한 알고 있을 리가 없었다.

'절대 함정은 아니야. 그렇다면 생각할 수 있는 건, 이
곳 중원에서는 할아버지가 저쪽 세상으로 떠난 시점을 기준
으로 겨우 오 년의 세월밖에 흐르지 않았다는 건데……'

처음에는 말도 안 된다고 생각했었다. 하지만 다른 세상
으로 갑자기 떨어져 나가는 일도 있었다. 그러니 아예 말도
안 되는 건 아니었다.

헤인스가 서둘러 이 방으로 온 것도 그것을 확인하기 위해서였다.

'만약 저분들이 진짜 할아버지의 아버지와 동생, 그러니까 증조부님과 종조할아버지라면 분명 있을 것이다.'

헤인스는 재빨리 방 안을 훑은 후, 방문 맞은편에 있는 서각으로 향했다. 그리고 서각의 뒤편으로 손을 뻗어 아래쪽으로 밀어 넣었다. 서각 아랫부분의 문갑 공간의 뒤쪽.

'분명 이쯤이라고 하셨는데…… 이, 있다!'

헤인스의 손가락 끝에 각진 나뭇조각이 걸렸다.

달칵!

나뭇조각을 옆으로 돌리자 문갑 뒤쪽의 나무판이 열렸다. 담기령에게 들었던, 그의 일기를 숨겨두는 비밀 공간이었다. 그리고 손끝에 닿는 몇 권의 책.

설마 했던 생각이 확신으로 변하는 순간이었다.

"흐으읍!"

헤인스는 연거푸 숨을 들이마시며 떨리는 손으로 책들을 끄집어냈다. 그리고 신중한 표정으로 꺼낸 책을 펼쳤다.

"킥!"

헤인스는 저도 모르게 헛바람을 들이켰다. 눈꼬리에 파르르 경련이 일어나고, 눈동자는 초점을 잡지 못하고 흔들린다.

'이, 이건!'

헤인스는 부르르 떨리는 손으로 황급히 다른 책들을 집

어 들었다. 그리고 꺼낸 모든 책들을 확인한 후, 헤인스의
입에서 탁한 한숨이 새어 나왔다.

'우리 할아버지 취향도 참 고상하셨네.'

비밀 공간에 있던 책은 모두 다섯 권. 그중 두 권이 춘화
도였고, 두 권은 음서, 그리고 겨우 한 권만이 일기였다.

헤인스는 저쪽 세상 자신의 방에 숨겨져 있는 비슷한 책
들을 떠올리며 잠시 뒤통수를 긁적였다. 하지만 이내 고개
를 내저으며 짧게 심호흡을 했다.

'역시 저분들은……'

담기령의 물건들이 있다는 사실이 가리키는 것은 명백했
다. 지금이 정말로 담기령이 실종된 지 오 년이 흐른 시점
이라는 뜻이었다. 다시 말해 아까 만난 그들이 틀림없는 헤
인스의 할아버지의 아버지이고, 할아버지의 동생이라는 말
이다.

만약 오십 년의 세월이 흘렀다면, 이 방의 주인은 분명
바뀌었을 터. 옛날 주인의 물건이 남아 있기는 힘들었을 것
이다.

물론 오십여 년이 지나도 일기가 남아 있을 수는 있다.
하지만 헤인스를 담기령으로 생각하는 담고성과 담기명이
있었고, 먼저 달려와 아는 척하는 기응천도 있었다.

가능성이 낮은 여러 가지 일들이 이렇게까지 겹치기는
힘든 법이었다.

마지막으로 또 한 가지.

'지금이 할아버지가 사라진 지 오 년이 지난 시점이라면, 실종 당시 할아버지의 나이가 열일곱이니 현재는 스물둘이고 지금의 내 나이 역시 스물둘이다. 오 년 동안 못 봤는데 이 정도로 닮은 얼굴이라면 충분히 나를 할아버지로 오해할 만해.'

이해할 수 없는 상황들이, 담기령 실종으로부터 오 년 후라고 가정하면 아귀가 척척 들어맞는다.

"그러고 보니 기응천이라는 이름도 언젠가 한 번 들어 본 것도 같고⋯⋯."

잠시 멍한 표정으로 넋을 놓고 있던 헤인스가 갑자기 뭔가에 생각이 미친 듯, 급히 목에 걸고 있던 적옥패를 꺼내 들고는 중얼거렸다.

"할아버지가 가지고 계셨던 이 물건까지 있으니, 아니라고 우기면 오히려 미친놈 취급받게 생겼네? 크흐흐흐⋯⋯."

너무 당혹스러운 상황을 맞이한 탓에 헤인스는 저도 모르게 실없이 웃기 시작했다. 하지만 그 웃음은 그리 오래가지 않았다.

피식거리며 웃어대던 헤인스의 얼굴에 잠시 표정이 사라지는 듯하더니, 이내 안쓰럽고 죄스러운 표정이 떠올랐다.

처음 만났을 때 보았던 증조부의 애처로운 얼굴과 볼을 타고 흘러내리던 눈물이 떠오른 탓이었다.

'내가 사실을 말한다면?'

헤인스는 이를 악문 채 고개를 저었다. 믿어줄 사람도 없

34

을뿐더러, 그랬다가는 증조부의 가슴에 그야말로 대못을 박
는 격이다.

「아버지……. 그러니까 헤인스 너에게는 증조부가 되시
겠지. 내가 의도한 일은 아니었지만, 상황이 이렇게 흐르는
바람에 아버지께 본의 아니게 죄를 짓게 되었단다. 이 할아
버지는 그것이 평생 한으로 남는구나.」

헤인스가 철이 들 무렵, 담기령은 종종 아련한 표정으로
그런 말을 하곤 했었다.
'증조부는 물론 할아버지께도 못할 짓이 되어 버리겠
군.'
헤인스는 심한 갈등을 느끼는 듯 한층 더 인상을 일그러
트렸다.
간단하게 생각하면 할아버지의 이름, 담기령으로서 사는
것이 크게 문제가 될 것 같지는 않았다. 어쨌든 자신은 이
집안의 피를 이어받았고, 죽은 할아버지의 역할을 할 수도
있었다.
족보가 살짝 꼬여 버리게 되기는 하지만, 헤인스 혼자만
알고 있다면 크게 문제가 될 것은 없었다.
하지만 그리되면 헤인스는 아주 긴 세월 동안, 어쩌면 죽
을 때까지 자신의 고향으로는 돌아가지 못하게 될 가능성이
컸다.

할아버지와 증조부도 문제였지만, 헤인스에게는 고향에서 자신이 사라진 것을 알고 노심초사하고 있을 아버지가 있기 때문이었다.

'후우, 어떻게 해야 하나?'

그때였다.

"대공자님, 가주님께서 찾으십니다."

문 밖에서 들리는 목소리는, 입구에서 보았던 기응천의 목소리였다.

'후우, 생각할 시간을 안 주는군.'

헤인스는 짧은 한숨을 내쉬면서도 얼른 자리에서 일어섰다. 쉽게 결론을 내릴 수 있는 문제가 아니었다. 조금 더 시간이 필요했다.

"지금 나가지."

방을 나서니 친근한 미소를 짓고 있는 기응천의 모습이 보였다.

"앞장서게."

"예, 공자님."

장원의 구조를 확실하게 모르는 헤인스로서는 안내를 받아야만 찾아갈 수가 있었다. 아까 방을 찾아갈 때도, 이렇게 기응천을 따라왔었다.

"대공자님 정말 잘 돌아오셨습니다. 제가 그동안 얼마나 보고 싶었는지 아십니까?"

기응천의 말에 헤인스는 저도 모르게 의심스러운 표정으

36

로 기응천과 거리를 벌렸다. 하지만 기응천은 눈치채지 못했는지 계속 자신의 이야기를 이어갔다.

"그때 그 일…… 기억하세요?"

기응천의 아주 의미심장한 목소리에 헤인스는 저도 모르게 흠칫한 표정을 지었다.

'무, 무슨 일?'

"왜 그때, 그러니까 대공자님이 집을 나서시기 한 달 전에 말입니다. 그때 같이 처주부도에 가지 않았습니까?"

"그, 그랬었나?"

"에이, 왜 그러십니까? 그때 같이 기루에 가지 않았습니까요?"

"아!"

순간 헤인스의 입에서 탄성이 터졌다. 기응천의 이름을 들어본 적이 있는 것 같았던 이유를 깨달은 탓이었다.

「할아버지가 이곳으로 넘어오기 얼마 전이었지, 아마? 그러니까 딱 지금 네 나이쯤이었다. 그때 기응천이라는 세가의 무인 녀석을 데리고 기루에 간 적이 있는데, 그 녀석이 난생처음 아리따운 아가씨들 옆에 앉으니 뻣뻣하게 얼어서는…… 말 한마디 못하고 술만 마셔대더니, 크허허허!」

이곳저곳 많은 영지에서, 헤인스를 두고 혼담이 오가던 시절이었다. 케르네스 제국의 귀족가에서는 열여덟을 전후로 결혼을 하는 편이었고, 그 가문의 위세가 크면 클수록 그 시기가 빨랐다. 조금 급한 곳은 열다섯에 이미 혼담을 주고받고 아예 약혼을 해놓는 일도 많은 편이었다.

어쨌든 그 시기에 담기령은 손자인 헤인스에게, 어른들만의 무용담을 들려주기도 했었다.

바로 그때 들었던 이야기였다.

헤인스는 재빨리 기응천의 말을 끊으며 말했다.

"아하, 그랬지. 그때 내가 자네를 데리고 기루에 갔었지? 아마 그때가 응천이 자네가 처음 기루에 갔었던 걸로 기억하는데?"

순간 기응천의 표정이 묘하게 변했다. 동시에 헤인스의 얼굴에도 불안이 떠올랐다.

'뭐지? 그게 아닌가? 분명 맞는데?'

할아버지에게 들었던 이야기를 아무리 곱씹어 봐도 자신은 틀리게 말한 것이 아니었다.

"에이, 무슨 말씀이세요? 그때 기루에 처음 가신 건 공자님이시잖아요. 한 번도 못 가보셨다면서, 꼭 한 번 데리고 가달라고⋯⋯."

'아, 할아버지!'

헤인스의 미간에 짙은 주름이 잡혔다.

"그, 그랬었나?"

"하하하, 예. 분명 그랬습니다. 그래서 그때 모시고 갔더니⋯⋯."

물론 헤인스는 그 뒤의 이야기를 아주 잘 알고 있었다. 다만, 할아버지의 이야기에서 할아버지와 기응천의 역할이 바뀌겠지만. 어쨌든 더 들을 필요는 없다.

"자자, 어서 가세."

"예? 아아, 가시지요."

자신의 말을 끊는 헤인스를 보며, 기응천은 부끄러워서 그러나 보다 하는 생각에 슬며시 이야기를 돌렸다.

"그나저나 그동안 어디에 계셨던 겁니까? 가주님이 중원은 물론 서역까지 곳곳을 다 뒤지셨습니다. 하다못해 서역 너머 법국(法國:프랑스)이나 덕국(德國:독일)까지 가시겠다는 걸, 둘째 공자님이 겨우 말리셨지요."

그 말에 헤인스는 갑자기 귀가 번뜩 틔는 기분이 들었다. 동시에 난감했던 한 가지를 해결할 방법을 찾았다.

「처음 이곳에 왔을 때는, 말로만 듣던 법국이나 덕국인 줄 알았단다.」

「법국? 덕국? 거긴 어디예요?」

「중원의 서쪽에 있는 서역을 지나면 나오는 나라라고 들었는데, 이 할아버지도 가본 적은 없다만, 그곳 사람들의 머리카락이 붉거나 노랗고, 파란 눈에 붉은 눈도 있다는 이야기를 들었었거든.」

'일단은 그렇게 이야기를 하면 되겠군.'

오 년 동안의 행적을 얼버무릴 가장 좋은 방법이었다.

'어차피 거기에도 아페리온 대륙인들과 생김새가 비슷한 사람들이 살고 있다고 하니까, 딱히 틀린 이야기도 아니지.'

지금으로서는 가장 좋은 방법이었다. 전혀 다른 세상에 있었노라고 말하는 것보다는 받아들이기도 쉬울 것이다.

기응천을 따라 도착한 곳은, 장원 내부에 지어진 가산(假山)이었다. 정확하게는 가산의 연못가에 지어진 혜심정이라는 정자 안이었다.

"자, 받거라."

헤인스가 자리에 앉자마자 담고성이 대뜸 술병을 내밀며 말했다.

잠시 어리둥절하던 헤인스가 황급히 술잔을 들어 올린다.

쪼로로록!

맑은 소리와 함께 호박색 투명한 액체가 차분하게 술잔을 채웠다.

"네가 사라진 후에 가장 한스러웠던 일이 무엇인지 아느냐?"

헤인스가 그것을 알 리가 없다. 그러니 대답할 말도 없다. 아무 말없이 술잔만 들고 있는 헤인스의 모습에, 담고성이 빙긋 웃으며 말했다.

"너와 기명이, 그리고 이 애비까지 삼부자가 모여서 술잔 한 번 기울인 적이 없었다는 거다. 자, 어서 마셔라."

"예."

술잔을 기울이니 호박색 투명한 액체가 혀를 타고 목구멍으로 부드럽게 넘어갔다.

"크으!"

그리고 그 뒤에 갑자기 치솟는 화끈한 기운. 하지만 곧바로 짙은 향이 뒤따르며 화끈한 기운을 감싼다.

저쪽 세상에서 마셨던 맥주나 와인, 혹은 그것들을 증류한 브랜디나 위스키와는 또 다른 향취가 느껴졌다.

"뭘 하느냐? 이 아비에게도 따라 주어야지."

"예, 받으세요."

헤인스는 담고성의 술잔을 채운 후, 담기명에게도 술을 따라 주었다. 그리고 세 부자 사이에 말없이 술잔이 오고 간다.

그렇게 술이 몇 순배 돈 후, 담고성이 입을 열었다.

"그래, 그간 어디에 있었던 것이냐?"

"그것이…… 법국에 가 있었습니다."

"뭐, 뭐라고? 법국이라면 분명……."

"예, 서역 너머에 있는 나라입니다."

담담한 헤인스의 표정과는 달리, 담고성은 말문이 막힐 이야기였다. 어느 날 갑자기 사라졌다가 오 년 만에 돌아와서는 이렇게 이야기를 하니 기가 찰 노릇이다.

"도대체 그 먼 타국까지 가서 뭘 했단 말이냐?"

"그것이……. 세상을 공부하고 싶었습니다."

"그게 서신 한 통 없이, 기별 한 번 주지 않고 이 애비가 속을 끓이게 만든 이유란 말이냐!"

"죄송합니다."

담고성의 얼굴에 섭섭함과 노기가 함께 떠올랐다. 하지만 그보다는 이렇게 무사한 모습으로 돌아와 주어 고마운 마음이 더 크다.

"하아, 그래 무슨 말을 더 하겠느냐? 괜찮다. 이렇게 돌아왔으니 되었어."

담고성이 크게 고개를 끄덕이며 술잔을 기울이는 사이, 담기명이 말했다.

"그럼 형님은 그곳에 가서 무얼 하신 겁니까?"

"응?"

"가서 무얼 하셨는지 그 이야기나 한 번 해주십시오."

"궁금하더냐?"

"아, 그럼 안 궁금하게 생겼습니까?"

헤인스의 시선이 슬쩍 담고성에게로 향했다. 담고성 역시 몹시 궁금한 듯, 기대하는 표정을 짓고 있었다.

'어쩔 수 없지. 할아버지의 이야기를 하는 수밖에……'

어쩌면 그것이 증조부에게 할아버지의 소식을 알려줄 수 있는 가장 좋은 방법이기도 했다. 물론, 어느 정도 빠지는 것도, 더하는 것도 있기는 하겠지만 말이다.

헤인스는 머릿속으로 어려서부터 들었던 할아버지의 이야기를 떠올렸다. 그리고 이야기를 시작했다.

"처음 법국에 들어섰을 때…… 하필이면 그곳은 전장이었습니다. 그러다 우연히 한 친구를 만났지요."

헤인스의 이야기가 시작되고, 담고성과 담기명은 그 이야기에 빠져들었다. 함께 손에 땀을 쥐고, 걱정을 하고, 화를 내고, 웃으며 이야기는 끝날 줄 모르고 이어졌다.

그리고 세 부자는 새벽하늘이 어슴푸레 밝아질 때까지 술잔을 나누었다.

2장
담씨세가의 묘한 풍경

"이제 어쩐다?"

헤인스는 침상에 누워 천장으로 시선을 고정시킨 채 혼 잣말을 중얼거렸다.

담고성, 담기명과 술잔을 기울인 것이 어젯밤의 일이 었다. 그리고 아침에 잠에서 깨자마자 깊은 고민에 잠겼 다.

원래 이곳으로 온 헤인스의 목적은 단 한 가지였다. 일단 은 안전한 곳에서 몸을 쉬면서 자신의 진짜 고향, 드레이크 공작가로 돌아갈 방법을 찾는 것이었다.

'돌아갈 방법은 없었다고 하셨지만⋯⋯.'

할아버지는 중원으로 돌아갈 방법을 찾지 못했다고 말했 었다. 하지만 헤인스의 생각은 달랐다. 실제로 자신이 이곳 중원으로 오지 않았는가.

중원에서 아페리온 대륙으로 넘어가는 일도 있었고, 아페리온 대륙에서 중원으로 넘어오는 일도 벌어졌다. 즉, 두 개의 세상을 왕래하는 것이 가능하다는 뜻이다.

하지만 그것은 어디까지나 이곳 상황을 알지 못했을 때의 생각이었다.

아페리온 대륙에서 수십 년이라는 시간이 흐르는 동안, 이곳 중원에서는 겨우 오 년밖에 지나지 않았다는 것을 그 누가 상상할 수 있었겠는가.

'처음부터 아니라고 말을 했어야 하는 건데……'

이제 와서 아니라고 할 수가 없었다. 믿어 줄지도 의문인데다, 설혹 믿어준다 해도 아주 큰 문제가 있었다. 자신이 담기령이 아니라고 했을 때 마음 아파하실 증조부의 얼굴을 차마 볼 자신이 없었다.

사실 냉정하게 따지고 보면 헤인스의 입장에서는 어제 처음 본 사람이었다. 그러니 매정해 보일지라도 아니라고 말할 수도 있었다.

하지만 그러기에는 헤인스가 자신의 할아버지를 너무 존경하고 사랑했다. 할아버지 담기령이 평생 동안 증조부에게 죄스러워했다는 것과 증조부 생각이 날 때마다 밤새 술잔을 기울이며 긴 한숨을 내쉬던 모습을 자주 보았었다.

겨우 하룻밤의 시간이었지만, 그 시간 동안 너무 멀리 와 버린 것이다.

"후우, 이미 엎질러진 물이다."

긴 고민 끝에 헤인스는 짧은 한숨을 내뱉으며 뭔가 결심을 한 듯 묵직하게 고개를 끄덕였다.

고민해도 답이 나오지 않는 문제로 끙끙 앓는 것은 헤인스의 성격에는 맞지 않는 일이었다.

이제는 더 이상 자신이 '가짜'라는 말을 할 수 없었다. 그렇다면 가짜가 아닌 '진짜'가 되는 수밖에.

"우선은 정체가 들통 나지 않도록 신경을 써야겠군."

하지만 뒤이어 또 다른 문제가 밀려들었다.

"그럼 이제 뭘 해야 하나?"

할아버지 담기령은 담씨세가의 소가주였다. 즉, 지금 자신은 담씨세가의 소가주라는 지위를 가지고 있다는 뜻이었다.

지난 오 년 동안은 할아버지의 동생이 그 자리에 있었지만, 이제는 다시 그 지위가 원래의 주인에게 돌아올 것이 분명했다. 헤인스가 담기령 본인이 아니라는 사실은 차치하고라도 말이다.

'설마 계승권 문제로 다툼이 생기는 건······.'

잠시 그런 생각을 떠올리던 헤인스는 이내 고개를 내저었다. 어제 종조부가 보여주었던 반응으로 보아 그럴 일은 없을 듯했다.

그보다는 다른 것이 더 중요했다.

'담씨세가의 소가주라……'

과연 스스로에게 그럴 마음이 있느냐 하는 점이었다. 꽤나 많은 부분에서 연관이 되어 있기는 하지만, 냉정하게 따지고 보면 자신은 논외자였다. 그런 자신이 세가를 이어받는 것이 과연 옳은 일일지가 걸렸다.

'산을 넘어도 산이군.'

워낙 갑작스레 일어난 일이고, 전혀 예상치 못한 방향을 일이 흐르니 고민을 해도 해도 끝이 나지 않았다.

그때 방문 밖에서 누군가의 목소리가 들렸다.

"공자님."

목소리를 들어보니 헤인스의 방을 담당하게 된 '여란'이라는 시녀의 목소리였다.

"무슨 일이냐?"

"가주님께서 찾으십니다."

헤인스가 고개를 끄덕이며 침상에서 몸을 일으켰다. 어제는 갑작스러운 귀환에 세 부자가 모여 술잔을 기울이는 것으로 마무리했지만, 오늘부터는 해야 할 이야기, 해야 할 일도 많으리라.

'누구지?'

담고성의 집무실로 들어서던 헤인스는 순간적으로 몸이 굳는 듯한 느낌을 받았다. 집무실 안에는 담고성만이 아니라 낯선 사내가 한 사람 앉아 있었다.

"하실 말씀이라도 있으신지요?"

"네가 이제 막 돌아온 참에 이런 말을 꺼내는 것이 급한 감도 있기는 하다만……."

슬쩍 말꼬리를 흐리는 담고성의 모습에 헤인스는 조용히 말이 이어지기를 기다렸다.

"하지만 요즘 세가의 상황이 좀 급박하게 돌아가고 있으니 어쩔 수가 없겠구나. 이제 네가 돌아왔으니 소가주의 자리에서 세가의 일을 해야 하지 않겠느냐?"

헤인스의 표정이 잠시 굳었다가 풀어졌다. 방금 전 방 안에서 고민했던 것이 바로 튀어나오니 올 것이 온 기분이었다.

하지만 헤인스는 아직까지 생각을 정리하지 못했다. 세가의 가주 자리에 욕심이 있지도 않았고, 따지고 보면 논외자인 자신이 냉큼 그 자리를 꿰차는 것도 이상했다.

잠시 고민하던 헤인스가 조심스레 말을 꺼냈다.

"지금껏 기명이가 잘해 온 것 같으니 계속 기명이가 하는 것이 좋지 않겠습니까?"

생각지도 못한 이야기에 담고성은 적잖이 당황한 표정으로 헤인스를 보았다.

"그게 무슨 말이냐? 장자인 네가 후계자가 되는 것이 당연한 일이 아니냐? 혹 따로 생각하고 있는 것이 있더냐?"

"그런 것은 아닙니다만……."

헤인스의 말에 담고성이 인상을 굳히며 말했다.

"그럴 수는 없다. 내가 가문의 적옥패를 너에게 주었던 것을 벌써 잊은 게냐?"

"그건 아닙니다만, 너무 오랫동안 세가를 떠나 있었……."

헤인스가 급히 뭐라고 설명을 하려 했지만, 담고성은 단박에 그 말을 잘랐다.

"어제 막 돌아온 참이니 사흘 정도 말미를 주마. 하지만 그것은 며칠 쉬라는 뜻이지, 가주의 자리를 기명이에게 잇게 하겠다는 뜻은 아니다. 알았느냐?"

아니라는 대답은 절대 받아들일 수 없다는 담고성의 강경한 태도에 헤인스는 조심스레 고개를 끄덕였다.

"알겠습니다."

"그럼 나가 보아라."

"예."

헤인스는 조용히 인사를 하고는 담고성의 집무실을 나섰다. 하지만 밖으로 나서자마자 다시 몸이 굳었다.

집무실 문밖에 서 있는 담기명을 발견한 탓이었다.

헤인스는 재빨리 숨을 가다듬으며 조심스레 물었다.

"아버지께 오는 길이냐?"

"형님을 찾아오는 길이었습니다."

"응? 나를?"

헤인스는 궁금한 표정으로 대답을 하며 조심스레 담기명의 표정을 살폈다.

'욕심이 없는 성격이셨나?'

문 앞에 서 있었다면, 분명 소가주 자리에 대해서 이야기한 것을 들었으리라. 그런데도 아주 편안한 표정을 짓고 있는 것이 소가주 자리에 그다지 미련이 없는 듯한 모습이었다.

「너는 외동이지만, 이 할아버지에게는 동생이 있었단다. 너에게는 종조부가 되지. 허허, 그놈이 어려서부터 어찌나 내 뒤를 졸졸 따라다니던지……. 어머님이, 그러니까 네 증조할머니가 세상을 뜨신 후로는 내 곁에서 한시도 떨어진 적이 없을 정도란다.」

할아버지의 이야기를 떠올려 보니 너무 형을 따르는 동생이기에 애초에 그럴 필요를 못 느꼈던 것일지도 모르겠다는 생각이 들었다.

물론 그 역시 할아버지의 허풍일 수도 있었다. 혹은 오 년이라는 세월이 있는 만큼 그사이에 다른 사람이 되었을지도 모를 일. 그러니 단순히 겉으로 표현하지 않고 있을 가능성을 무시할 수는 없다. 하지만 지금은 더 깊은 이야기를 나누기가 애매했다.

그사이 담기명이 담담한 목소리로 말했다.

"형님이 자리를 비운 동안, 세가에 따로 철혈대가 만들어졌습니다."

"철혈대?"

"예, 새로 초빙한 무인들로 구성된 일종의 별동대지요. 외당 소속이 아닌 소가주 직속이니, 앞으로는 형님이 그들을 이끌어야 할 겁니다."

담기명의 말에 헤인스는 갑자기 마음이 편안해지는 것을 느끼며 저도 모르게 안도의 한숨을 내쉬었다.

철혈대가 지난 오 년 사이에 조직되었다면, 자신은 당연히 모르는 자들이라는 뜻이었다.

바꾸어 말하면, 당연히 알아야 하는 세가의 식솔들과 달리 눈앞에 있는 사람이 누구인지 머리를 쥐어짜며 고민할 필요가 없다. 헤인스는 그 사실에 마음이 편안해진 것이었다.

하지만 그것과는 별도로 불길한 기분 또한 함께 느꼈다.

"소가주 직속의 별동대?"

"예, 형님. 꽤 실력이 좋은 이들로만 가려서 모았으니 실력은 충분합니다."

"아니, 그런 것이 아니라…… 그런 무인 집단을 따로 만들 정도로 세가의 상황이 좋지 않은 것이냐?"

원래 없던 것을 새로이 만드는 데는 자금이 들어간다. 그렇다는 것은 원래는 쓰지 않아도 될 돈을 쓴 것이니 세가의 입장에서는 무리가 되는 일일 수밖에 없다.

즉, 무리를 해서라도 그런 무인 집단이 필요할 수밖에 없는 상황이라는 뜻이었다.

"아까 아버지와 그 이야기는 하지 않으신 모양이군요."

"아직 별다른 이야기를 듣지 못했다."

헤인스의 말에 담기명은 이해한다는 듯 천천히 고개를 끄덕였다.

형님이 세가에 온 것이 어제 저녁 무렵이었으니, 뭔가 자세한 사정을 파악하기는 힘든 시간이었다. 그리고 아까 들어본 바로는, 다시 소가주의 위치로 복귀하는 것을 두고 아버지와 의견이 맞지 않는 듯했다. 모르는 것이 당연했다.

"감천방 놈들 때문입니다."

"감천방?"

헤인스가 고개를 갸웃거렸다. 이 역시 할아버지에게는 듣지 못했던 새로운 이야기였다.

"예, 반년 전쯤에 외부에서 들어온 놈들이지요."

"으음……."

헤인스는 무거운 얼굴로 고개를 끄덕였다.

'가장 큰 차이…….'

헤인스는 어려서부터 할아버지를 통해 중원의 무림에 대해 알고 있었다.

그렇기에 무림의 세력들이 헤인스가 살던 아페리온 대륙의 영주 가문들과 크게 다르지 않다고 생각했었다. 하지만 그러면서도 한 가지 분명한 차이에 대해서는 인식을 하고 있었다.

바로 지배력의 근간이었다.

아페리온 대륙의 케르네스 제국, 아니, 모든 왕국에 존재하는 영주들은 그들의 황제 혹은 국왕으로부터 자신의 영지에 대한 지배권을 인정받는다.

그것은 거대한 국가라는 차원에서 공인된 힘이기에, 어지간해서는 다른 세력에 의해 침해받을 위험이 없었다.

하지만 무림 세력이 갖는 지배력의 근간은 역사와 재력, 그리고 무력이었다. 공인된 지배력이 아니라는 의미다.

그리고 그것은 언제든 다른 이에게 자신의 지배력을 침해받거나 빼앗길 수 있다는 것을 의미한다.

지금 말한 감천방이라는 세력이 바로 그것이리라.

"흠, 그래서 외부의 무인들을 돈으로 고용한 것이냐?"

"세상에서 돈에 무공을 파는 낭인들이라 경시하기는 합니다만 그들 나름의 대의도 협의도 있는 사람들입니다."

이야기를 나누며 걷는 사이 헤인스의 귓전으로 요란한 외침과 날카로운 바람 소리가 들렸다. 소리가 난 쪽으로 시선을 돌려보니, 열 명 정도 되는 각양각색의 복장을 한 사내들이 각자의 병장기를 휘두르며 수련을 하고 있었다.

헤인스가 걸음을 멈추며 물었다.

"저들이냐?"

"예, 저기 장검을 든 장신의 남자가 철혈대 대주인 오채군입니다."

"그런데 저들이 전부인 것이냐?"

세가의 규모가 작다고는 해도, 독립된 하나의 무인 집단이라고 하기에는 사람 수가 너무 적었다.

"아닙니다. 원래는 스무 명인데 며칠 전에 일이 좀 생겨서 아홉 명이 부상을 치유하는 중입니다."

"그렇구나. 그런데 저 연무장은?"

헤인스가 고개를 갸웃거리며 물었다. 아무리 살펴봐도 그리 긴 세월의 흔적이 보이지 않는 탓이다.

"철혈대만을 위해 새롭게 꾸민 곳입니다."

"그래? 연무장을 새롭게 만드는 게 간단한 일은 아니었을 텐데?"

"그렇기는 합니다만, 저들은 아무래도 낭인 출신이다 보니 세가의 무인들과는 여러모로 다른 점들도 있고, 한데 섞이기가 힘들다고 말해서 아버지께서 조금 무리를 하셨습니다."

"그렇구나. 그런데 저들은 자신들의 주인이랄 수 있는 소가주가 왔는데도 고개 한 번 안 돌리는데?"

"하하, 수련에 너무 열중한 탓이지요. 어쨌든 가시지요. 인사부터 하셔야 되지 않겠습니까?"

하지만 헤인스는 고개를 저으며 방향을 틀었다.

"오늘은 때가 아닌 것 같으니 나중에 하는 것이 좋겠구나."

"예?"

조금은 당황하는 담기명의 반응에 헤인스가 피식 웃으며 대답했다.

"아버지도 사흘 정도 시간을 주신 참이니 그때까지는 쉬어야 되지 않겠느냐? 그리고 저들도 갑자기 자신들의 주인이 바뀐 일에 대해 생각할 시간이 필요할 거다."

"아, 그렇긴 하겠군요. 하지만 저는, 형님이 하루라도 빨리 세가의 일을 해주셨으면 좋겠습니다."

담기명의 말에 헤인스는 천천히 고개를 끄덕여 준 후 성큼성큼 걸음을 옮겼다.

그리고 돌아선 헤인스의 입가에 비릿한 미소가 떠올랐다.

'수련에 열중한 탓에 보지 못했다고?'

웃기지도 않는 이야기다. 연무장으로 다가가던 헤인스는 두 눈으로 똑똑히 보았다. 오채군이라는 사내를 비롯해 모든 철혈대 무인들이 자신과 담기명을 곁눈질로 슬쩍 확인하는 모습을.

게다가 수련하는 모습 또한 요란하기만 할 뿐, 아무런 열의도 느껴지지가 않았다.

'게다가 연무장을 새로 만들어 달라 했다고?'

어처구니가 없다. 철혈대라는 이름으로 사람을 모았다는

것은, 온전히 세가의 '식솔'로 들어왔다는 의미다.

그 말은 곧 그들은 세가의 무인들과 같은 소속이라는 뜻이다. 한데 어우러지고 서로 절차탁마하며 세가를 위해 한 곳에서 함께 노력함이 옳은 일이다.

그런데도 무공의 성향이 다르니 어쩌니 하며 그러한 요구를 했다.

주인을 존중하지 않는 태도와 아무런 열의도 느껴지지 않는 수련, 그리고 세가와 섞이기를 거부하는 요구까지. 그들 스스로 세가의 식솔이 될 마음이 없다는 방증이다.

'증조부와 종조부께서 많이 무르시군.'

헤인스는 불만스러운 표정을 지으면서도 천천히 고개를 주억거릴 수밖에 없었다.

어쩔 수 없다는 것을 알기 때문이다.

'이런 곳이니 당연한 결과일지도.'

담씨세가의 성격은, 무림 세력보다는 무인 집단을 보유하고 있는 작은 지방의 토호 세력에 가까웠다.

이는 비단 담씨세가만이 아니라, 중원 천지 곳곳에 자리 잡고 있는 작은 규모의 무림 세력 모두에 적용되는 이야기였다.

어쨌든 그런 성격이 있는 만큼, 인근 지역의 사람들에게 지배력을 행사하는 것 또한 무력보다는 오랜 역사나 재력 혹은 인망에 의지하는 경우가 많다.

물론, 재력과 무력을 이용해 인근 사람들을 갈취하는 자들 또한 만만찮게 많기는 하지만, 적어도 현 담씨세가의 가주인 담고성은 그렇지 않았다.

담씨세가는 오랜 역사를 바탕으로 인망을 통해 이곳에 자리 잡고 있었다. 그리고 담고성은 넉넉하고 인자한 성격이 만들어졌고, 간계에는 어두울 수밖에 없었다.

무림의 소규모 세력들 모두가 이런 상황은 아니겠지만, 더러는 그 몇 가지 조건들이 잘 맞아떨어진 곳이 있으리라. 그리고 담씨세가가 그중 하나였다.

'협잡꾼들에게는 차려놓은 밥상이나 진배없지.'

거기까지 생각한 헤인스가 갑자기 걸음을 멈추며 픽하고 허탈한 웃음을 터트렸다.

'그러고 보니 할아버지 성격이 증조할아버지를 많이 닮으신 모양이군.'

그러면서도 한편으로는 의문이 솟는다.

할아버지는, 아무런 접점도 없는 다른 세상에서 넘어와서 수많은 전쟁 끝에 황족이 아닌데도 공작이라는 작위까지 오른 입지전적 인물이었다.

어떻게 그 느긋하고 자애로운 성격으로 그런 어마어마하고 전설적인 업적을 세울 수 있었던 걸까.

헤인스는 이내 고개를 설레설레 내저었다. 지금의 그로서는 절대 알 수 없는 이야기였기에.

'일단은 생각을 좀 정리할 필요가……'

조금은 머릿속이 멍한 상태로 자신의 방으로 향하던 헤

인스가 갑자기 발을 멈췄다.

"그리고 보니……."

뭔가 떠오르는 생각이 있는 듯 혼잣말로 뭐라 중얼거리더니, 이내 방향을 바꿔 급히 걸음을 옮겼다.

탁, 타악!

온힘을 다해 땅을 밟는 소리.

"하앗!"

뒤이어 동작과 동작 사이에 울려 퍼지는 우렁찬 함성.

"허!"

그리고 연무장에서 조금 떨어진 곳에 쭈그리고 앉은 헤인스의 허탈한 비명이 이어졌다.

'이건 뭐야?'

발을 구르는 소리는 분명 하나였다. 연무장이 떠나갈 듯울려 퍼지는 기합성 역시나 마찬가지. 하지만 정작 청석판을 넓게 깔아놓은 연무장 위에는 정확하게 쉰 명의 사내들이 수련에 열중하고 있었다.

단 한 사람도 흐름을 놓치지 않고 미세한 호흡마저도 완전히 하나가 되어 수련을 하고 있다는 뜻이었다.

청석판 위로 피어오르는 뿌연 먼지들이 무색할 정도로굵은 땀방울이 쉴 새 없이 흩어져 내리고 있었다.

지금 헤인스가 서 있는 곳은, 담씨세가의 외당 소속 무인들이 수련을 하는 연무장이었다. 철혈대라는 협잡꾼들이 필요할 정도라면, 세가 무인들의 수준이 도대체 얼마나 떨어지나 싶어서 찾아온 것이었다.

그런데 이상했다.

'철혈대가 왜 필요한 거지?'

헤인스로서는 이해할 수가 없는 일이었다. 아페리온 대륙에 있는 드레이크 공작령의 병영에서도 이 정도로 훈련이 잘된 병사들은 본 적이 없었다.

저 정도의 무인들이 있는데도 불구하고 철혈대라는 무인 집단을 또 만들어야 한다는 것은, 그만큼 감천방이 위협이 된다는 의미일 수도 있었다.

하지만 헤인스는 고개를 가로저었다.

'그것과는 별개의 문제일 수도 있지.'

철혈대에 대해서는 조금 더 알아볼 필요가 있다는 생각이 들었다. 지금 수련 중인 외당 무인들의 훈련 상태가 아주 좋기는 했지만, 각자의 무공 수준으로 따져 보면 철혈대 무인들에 비해서는 한 수 처지는 편이기 때문이었다.

그때 연무장에서 누군가의 외침이 터졌다.

"납도(納刀)!"

시선을 옮겨 소리가 난 쪽을 보니, 쉰 명의 외당 무인들 앞에서 무공 교두의 역할을 하고 있던 사내였다.

사내의 구령에 외당 무인들이 손에 들고 있던 대감도를 갈무리한 후, 통일된 동작으로 포권을 올렸다.

"자, 다들 수고했다. 오늘은 우리 율천향이 야간 번을 서는 날이니 씻고 휴식한 후에 준비하도록."

"예, 향주님!"

마지막까지 절도 있고 우렁찬 목소리로 대답을 한 후에야, 무인들이 삼삼오오 흩어지기 시작했다.

"대공자께서 어쩐 일이십니까? 어제 세가로 돌아오셨다는 이야기는 들었습니다만 일이 바빠 미처 인사 드리러 가지를 못했습니다."

외당 무인들이 해산시킨 사내가 곧장 헤인스 쪽으로 다가오며 친근한 표정으로 말을 걸었다.

'헛!'

헤인스의 얼굴에 당혹감이 서렸다. 지금 다가오는 사내가 누구인지 알지 못하는 탓이었다.

'그러니까…… 방금 전 율천향이라고 했고 향주라고 했으니 율천향주라는 건 알겠는데…….'

헤인스는 황급히 어제 보았던 일기의 내용을 떠올렸다.

일반적인 무림 세력의 조직 편성은 다섯 명으로 이루어진 '오(伍)'를 기본으로 한다. 그 오가 모여서 '조(組)'를 이루고, 조를 모아 '향(香)', 마지막으로 몇 개의 향을 묶어 '당(黨)'을 구성한다.

하지만 그것은 어디까지나 일반적인 편성이다.

중원 누구든 붙잡고 이름만 말해도 알 만한 거대 세력들의 경우에는 각 세력의 성향이나 사승 관계 등에 따른 독특

한 체계를 갖추고 있다.

그리고 담씨세가 정도로 아주 작은 세력들은, 조직을 세분화하지 않고 큰 덩어리로 나누는 경우가 많았다.

담씨세가는 크게 외당과 내당으로 나뉜다. 그리고 외당은 당주 아래로 쉰 명의 무인으로 구성된 세 개의 향으로 나뉘어 있었다.

천지인 삼재의 이름을 딴 율천향(律天香), 순지향(順池香), 숭인향(崇人香)의 세 곳이었다. 그리고 그 아래로 따로 대나 오를 편성하지는 않았다.

그중 지금 헤인스에게 다가오는 율천향의 향주.

'아, 젠장!'

할아버지의 일기, 할아버지에게 들었던 이야기 그 어디에도 지금 다가오고 있는 율천향주에 대한 이야기가 없었다.

"아, 외당의 수련 모습을 잠시 지켜보고 있었습니다. 다들 열심히 하고 있군요."

율천향주가 멈칫하더니 어색한 표정을 지어 보였다. 그 모습을 본 헤인스는 애써 불안한 마음을 숨긴 채 덤덤한 표정으로 물었다.

"왜 그러십니까?"

"하하, 대공자께서도 이제 어엿한 장부가 되셨다는 생각이 들어서 말입니다. 예전에는 윤 아저씨라고 부르며 연무장으로 놀러오시곤 했었는데, 오 년 만에 너무 의젓해지신

66

모습에 잠시 당황했습니다."

윤 향주가 빙긋 미소를 지으며 하는 말에 헤인스가 속으로 가슴을 쓸어내리며 고개를 끄덕였다.

"그때야 어렸으니 그랬지만 지금까지 그럴 수는 없지 않겠습니까? 어쨌든 오랜만에 보는 데도 외당의 수련 상태가 좋은 것을 보니 윤 향주께서 애를 많이 쓰시는 모양입니다."

헤인스의 말에 윤 향주, 윤명산은 여전히 적응이 안 되는 듯 어색한 표정으로 뒤통수를 긁적이며 대답했다.

"감천방 놈들이 언제 어떻게 나올지 알 수 없으니 항상 바짝 조여 놓고 있습니다. 게다가……."

뭔가 덧붙일 말이 있다는 듯 이야기를 꺼내던 윤명산이 말끝을 흐린다.

"게다가? 더 할 이야기가 있습니까?"

"아, 아닙니다."

윤명산이 재빨리 고개를 저었지만 헤인스는 그의 눈을 빤히 쳐다보며 기다렸다.

"험험, 그것이 그러니까……."

"편하게 말씀하십시오."

"며칠 전에 철혈대가 감천방 놈들과 부딪쳤다가 부상을 입지 않았습니까. 그러니 외당이라도 당하지 않도록 해야 되겠다는 생각이었다는 말씀을……."

윤명산이 슬쩍 말꼬리를 흘었다. 철혈대가 소장주 직속

인데, 이제 곧 소장주가 될 대공자 앞에서 철혈대를 흉보는 것 같은 느낌이 든 탓이다. 처음에 이야기를 꺼냈다가 말을 흐린 이유 또한 그것이었다.

게다가 어차피 그들 또한 담씨세가의 식솔이 되었는데, 같은 식구끼리 흉을 보는 것 같은 생각도 들었던 탓이다.

하지만 헤인스는 윤명산의 목소리에 깃들어 있는 불만스러운 감정을 읽어냈다.

"제가 어제 막 돌아온 참이라 세가의 상황을 다 읽어내지 못해서 그러는데……. 세가에 철혈대를 새롭게 만들 필요가 있었다고 생각하십니까?"

"네?"

윤명산이 저도 모르게 당혹스러운 표정을 지었다. 너무 대놓고 물어본 탓에 뭐라고 답해야 할지 갈피를 잡을 수 없었다. 거기에 더해 지금 이 물음이 자신을 떠보기 위한 것인지도 감이 오지 않았다.

하지만 윤명산은 평생 담씨세가의 외당 소속 무인으로 살아온 사람이었다. 어려운 질문에 우회적인 방식으로 자신의 생각을 전하는 방법 따위는 모른다.

그렇다고 기분 좋으라고 마음에 없는 말을 할 수 있는 성격도 아니었다.

"그것이……."

곤혹스러워 하는 윤명산을 보며 헤인스가 슬쩍 질문을

바꿨다.

"세가의 외당만으로는 감천방 놈들을 상대하는 것이 어려운 모양이군요?"

이번에는 확실하게 답할 수 있는 물음이었다.

"놈들이 직접적인 충돌을 피해서 그렇지 제대로 붙기만 한다면 지지 않을 자신이 있습니다."

"그렇군요, 알겠습니다."

헤인스는 바로 고개를 끄덕이며 몸을 일으키고는 인사를 건넸다.

"말씀 잘 들었습니다. 오늘 밤에 번을 선다고 하셨으니 이만 쉬십시오."

마음 같아서는 더 들어보고 싶었지만, 더 길게 이야기를 하기에는 위험한 면이 있었다. 성이 윤씨라는 것 외에 이름도 모르는 상황에서, 혹여 예전의 이야기라도 나왔다가는 대답하기가 곤란해지기 때문이었다.

'적어도 직책이 있는 사람들 이름이라도 알아둬야겠군.'

그런 생각을 하며 걸음을 옮기려던 찰나, 헤인스의 머릿속에 갑작스러운 생각이 하나 떠올랐다.

'너그럽고 무른 성격의 주인과 군기가 바짝 든 병사들이라……'

정확하게 말해서 외당 무인들을 '병사'라고 보기에는 무리가 있었지만 비슷한 맥락이었다.

어쨌든, 주인의 성격이 무르다고 해서 그 병사들까지 물러터져야 한다는 뜻은 아니다. 어떤 곳, 어떤 때든 병사들의 군기는 시퍼렇게 날이 설 정도로 잘 벼려져 있어야 하는 것이 맞다.

하지만 보통은 주인의 성격이 무른 만큼 그 병사들 또한 무르고 느슨해지는 경향이 있는 것은 사실이었다.

하지만 지금 헤인스는 단순히 외당 무인들의 훈련 상태가 좋다는 것에 의문을 품은 것이 아니었다.

대단히 공격적인 성향. 외당 무인들의 수련 모습에서 아주 공격적이고 저돌적인 느낌을 받은 탓이었다.

'감천방? 아니야.'

적이 있으면 기질이 바뀔 수는 있다. 하지만 감천방에 대한 태도는, 버티고 지킨다는 느낌이지 저돌적으로 공격하겠다는 것이 아니었다.

'그럼 도대체 뭐냐?'

결국 헤인스는 자신의 방으로 가려던 걸음을 또 한 번 멈출 수밖에 없었다.

'소가주가 되든 어떤 마음가짐으로 살든 일단 알 건 알아야지. 누굴 붙잡고 물어볼 수는 없는 노릇이고……'

서고로 가야겠다. 드레이크 공작가도 그랬지만 이곳 세가 역시 서고에 단순히 책만 모아 놓지는 않았으리라.

책 외에 글자로 만들어 놓은 물건, 기록이 있을 것이다. 지난 오 년은 물론, 이야기로만 들었던 더 과거의 일들까지 모든 것이.

'그나저나 서고는 어디로 가야 되지?'

헤인스는 막막한 표정으로 주변을 두리번거렸다.

3장
할아버지의 이름으로

하늘의 해가 중천에 걸리며 뜨거운 볕을 뿌리는 시간, 담가숭택의 어느 방에서 기묘한 소리가 새어 나오고 있었다.

"크허어!"

침상에 앉은 헤인스는 온몸을 그대로 꼬아 놓기라도 할 기세로 비틀어 댔다. 기묘한 소리는 그의 입에서 흘러나오는 해괴한 비명이었다.

"끄으으으으!"

그리고 그 비명이 극에 달하던 순간.

"크하!"

뭔가 묵직하면서도 탁한, 그러면서도 개운한 느낌의 한숨을 내뿜었다. 뒤이어 늘어지는 듯한 신음이 새어 나왔다.

"하아아아!"

격하게 기지개를 켰음에도 찌뿌듯한 몸은 도통 개운해지지를 않았다.

그 기분을 그대로 보여주기라도 하듯 헤인스의 얼굴에는 피곤한 기색이 고스란히 남아 있었다. 거의 이틀 밤을 서고에서 꼼짝 않고 보낸 탓이었다.

헤인스는 지금 있는 이곳 중원을 기준으로 해도, 충분히 고수라고 불릴 수 있을 정도의 무공을 익히고 있었다.

하지만 거의 그대로 굳어 버리기라도 할 기세로 이틀 밤 동안 똑같은 자세로 책을 보는 것은 무공의 고하와 상관없이 짙은 피로를 불러왔다.

아무튼 고생을 한 보람은 있었다.

'대충 돌아가는 상황은 파악이 됐고……'

이틀간 식사까지 서고에서 해결을 하며 자신이 알아야 할 기록들을 꼼꼼하게 살폈다.

본래 한 세력의 기록이라는 것은 대개 객관적인 사실들을 모아 놓는다. 그리고 그 기록들이 긴 시간 쌓이면서 역사가 된다.

헤인스는 할아버지가 태어났을 이십이 년 전부터 최근까지의 기록을 몇 번에 걸쳐 읽고 외웠다. 그리고 할아버지에게 들었던 이야기들을 되새기고 이곳에 남아 있던 일기의 내용을, 기록과 대조하는 과정을 반복하며 허풍 가득한 이야기를 사실에 근거해 짜 맞췄다.

물론, 그렇게 한다고 해서 할아버지의 지난 과거를 모두 알 수 있는 것은 아니었다. 하지만 적어도 할아버지와 관계된 세가의 공적인 일들과 현재의 상황 정도는 충분히 파악할 수 있었다.

"우리 할아버지 꼭 좋은 곳에 가셨어야 할 텐데……."

허풍은 어쨌든 허풍일 뿐이다. 하지만 그로 인해 누군가 심하게 허탈하고 뒤통수를 맞은 듯한 기분이 든다면 허풍은 그 순간 명백한 거짓말이 된다.

하나밖에 없는 손자한테 그 정도로 어마어마한 거짓말을 했으니 할아버지가 심히 걱정이 되었다.

'어쩌면 그 마지막 말씀까지도…….'

문득 임종하시던 날, 자신은 우화등선한다고 했던 말이 심히 의심스럽다.

"뭐 어쨌든."

헤인스는 어깨를 한 번 으쓱거리며 몸을 일으켰다.

지금은 돌아가신 할아버지 걱정을 할 때가 아니었다. 가주이신 증조할아버지가 말했던 사흘이 바로 내일이었다.

'어떻게 한다?'

여전히 고민스러운 일이었다.

"하아!"

사실 헤인스는 이렇게까지 답이 나오지 않는 고민을 길게 끄는 성격이 아니었다.

답을 내릴 수 있는 문제에 대해서는 길게 고민하지 않고, 답을 낼 수 없는 고민이라면 일단 생각하기보다는 부딪쳐

보는 성향이 강했다.

하지만 이 문제만큼은 그러기가 힘들었다.

그 자신이 '담기령'이었다면 절대 고민하지 않을 일이, 담기령 본인이 아니기 때문에 한없이 애매해진 것이다.

땡땡땡땡!

"어? 무슨?"

바깥에서 다급한 종소리가 울렸다. 헤인스는 반사적으로 침상에서 벌떡 일어나 다급히 옷을 걸쳤다.

사람 사는 곳은 어디든 똑같다. 이런 다급한 소리라면 위급할 때 울리는 경종이다.

헤인스 역시 세가의 일원으로 들어온 이상 가만히 방에 앉아 있을 수는 없는 노릇이었다.

"헉!"

방문을 열고 밖으로 뛰쳐나온 헤인스가 저도 모르게 헛바람을 들이켰다. 경내를 황급히 달려가는 담씨세가 무인들의 모습 때문이었다.

'역시!'

이틀 전 외당 무인들을 두고 내렸던 평가는 정확했다. 이만큼이나 잘 훈련된 정예들이 또 있을까 싶다.

대여섯 명씩 무리를 이루어 각자의 방향으로 달려가는데, 그 모습에 조금의 어지러움도 보이지가 않았다. 누구 하나 헤매는 이도 큰소리를 치는 사람도 없다.

서로 각자의 방향으로 움직이니 한 번쯤 부딪칠 만한 데도 그런 일조차 없다.

그저 긴장 가득한 얼굴로 자신의 목적지를 향해 달릴 뿐이었다. 들리는 소리라고는 일치된 발소리와 다급한 경종 소리뿐이었다.

이 역시도 질리도록 반복된 훈련과 거듭된 경험이 없이는 나올 수 없는 광경이다.

헤인스는 케르네스 제국 황실근위군의 사열식에서도 이 정도의 질서 정연함은 느껴본 적이 없었다.

'왜구들의 위협이 꽤 심각한 모양이군.'

헤인스는 이틀간 조사를 하면서, 세가의 무인들이 이렇게나 잘 훈련되고 공격적인 성향을 띠고 있는지 그 이유를 알 수 있었다.

툭하면 약탈을 하러 오는 왜구들 때문이었다. 왜구들은 바닷가는 물론이거니와 강물을 거슬러 올라와 내륙까지 약탈을 감행한다고 했다.

언제든 그놈들에 맞서기 위해서는, 항상 벼려진 칼날처럼 훈련이 되어 있어야 하는 것이다.

'아, 이러고 있을 때가 아니지!'

잠시 멍한 표정을 짓고 있던 헤인스가 황급히 정신을 차리고는 앞을 지나가는 외당 무인 하나를 붙잡고 물었다.

"증…… 아니, 가주님은 어디 계시나?"

돌아오는 것은 간단명료한 대답.

"장원 정문에 계십니다!"

그리고 인사 한마디 없이 재빨리 자신의 목적지를 향해 달려가 버렸다.

"대단하군."

헤인스는 다시 한 번 감탄을 터트리며 황급히 장원 정문을 향해 달렸다.

"무슨 일입니까?"

"왔느냐?"

헤인스의 물음에 담고성이 힐끗 곁눈질을 하고는 다시 활짝 열려 있는 정문 너머를 노려본다.

왠지 더 이상 말을 걸기가 힘들다고 생각한 헤인스가 조용히 자리를 잡고는 옆에 있는 담기명에게 슬쩍 물었다.

"무슨 일이냐?"

"감천방 놈들이 올라오고 있답니다."

"음!"

헤인스의 얼굴에도 긴장감이 돌았다. 경종이 울리고, 세가의 가주까지 직접 나와 있을 정도였다. 즉, 감천방이 그냥 올라오는 것이 아니라 아주 적대적인 모습으로 오고 있다는 뜻이었다.

그때 뒤쪽에서 소란스러운 소리가 어지럽게 귓바퀴를 두드렸다.

'저것들이!'

힐끗 뒤를 돌아본 헤인스가 와락 인상을 찡그렸다. 오채군을 비롯한 철혈대 무인들이 저들끼리 떠들며 이쪽으로 달려오고 있었다. 부상을 입었던 철혈대들도 그사이 치료를 끝냈는지 스무 명 모두 뭉쳐서 오고 있었다.

조금 전 보았던 세가의 외당 무인들과는 극명하게 대비되는 모습이었다.

어느새 바로 뒤까지 다가온 오채군이 담기명을 향해 큰 목소리로 물었다.

"무슨 일입니까, 소가주?"

오채군의 물음에 담기명이 저도 모르게 흠칫하며 헤인스의 눈치를 살폈다. 이제는 돌아온 형님이 소가주이기에 자신에게 그런 호칭을 하는 것에 괜히 눈치가 보인 탓이다. 하지만 헤인스는 그에 대해서는 별다른 반응을 보이지 않았다.

"감천방 놈들이 올라오고 있소. 대비를 하시오."

"이 오채군이 있는데 겁도 없이 이곳까지 쳐들어왔단 말입니까? 크허허, 저번에는 엉겁결에 실수를 했지만 오늘은 제대로 본때를 보여주도록 하지요."

허세 가득한 목소리로 외친 오채군이 자신의 뒤에 있는 철혈대를 향해 말했다.

"네놈들도 잘 들었지? 지난번의 복수까지 제대로 해주는 거다. 오늘 담씨세가 철혈대의 무서움을 제대로 알게 해줘라!"

"걱정 마십시오. 오늘은 제대로 대비를 하고 왔으니까!"

"제깟 놈들이 설쳐 봐야 한 주먹감도 안 되지요!"

오채군의 외침에 저마다 한마디씩 떠들어대는 통에 정적과 긴장이 가득했던 장내가 순식간에 소란스럽게 변했다.

'내가 뭘 하고 살든 저것들만큼은 꼭 처리를 해야겠군.'

그렇게 다짐한 헤인스가 슬쩍 곁눈질로 담고성의 눈치를 살폈다. 담고성 역시 그들의 그런 모습이 탐탁지 않은 듯 눈살을 찌푸리고 있었다.

그때 누군가의 외침이 울렸다.

"옵니다!"

모여 있던 이들의 시선이 일제히 한곳으로 모였다. 저 멀리, 담씨세가의 장원으로 올라오는 길에 한 무리의 사내들이 느긋한 걸음으로 다가오는 모습이 보인다.

"준비!"

외당 당주 담유성의 호령과 동시에 장원 담장 위에 올라가 있던 외당 무인들이 일제히 살통에서 화살을 뽑아 들고 시위를 당길 준비를 했다.

헤인스가 슬쩍 주변을 살피니, 세가 전각의 지붕 위에도 무인들이 활을 들고 대비를 하고 있었다. 활을 들지 않은 이들은 하나같이 창대를 움켜쥐고 긴장된 숨을 토해냈다.

'확실히 훌륭한 정병들이다.'

헤인스는 다시 한 번 아까의 느낌을 느끼며 고개를 끄덕였다. 그러면서 곁눈질로 철혈대를 노려보았다.

'도대체 저것들이 왜 필요한 거야?'

하지만 지금은 외부의 적을 맞이할 때지, 내부를 다스릴
때가 아니었다.

조용히 앞쪽으로 시선을 돌리던 헤인스가 고개를 갸웃거
리며 고개를 앞으로 쭉 내밀며 두 눈을 가늘게 좁혔다. 그
리고는 여전히 이해할 수 없는 표정을 짓더니 담고성에게
말했다.

"뭔가 이상합니다."

"뭐가 말이냐"

"아무리 봐도 싸움을 걸러 온 것 같지는 않습니다만?"

그 말에 다른 이들도 다시 한 번 저 멀리 다가오는 자들
을 살폈다.

"이상하구나."

담고성도 고개를 끄덕였다.

저 멀리 다가오고 있는 감천방은 겨우 열다섯 명 남짓 되
는 적은 수의 인원이었다. 거기에 선두에 있는 세 사람은
아주 화려한 복색을 하고 있었다. 아무리 봐도 싸우러 오는
사람의 옷차림이 아니었다.

그사이 감천방과의 거리는 서로 얼굴을 알아볼 수 있을
정도로 가까워졌다. 마찬가지로 감천방 방도들을 살펴보던
담유성이 고개를 갸웃거리며 말했다.

"형님, 저 행렬의 두 번째 선 자는 처음 보는 자인데 뭔
가 이상합니다."

"그래, 가장 선두에 있는 감천방주가 마치 상전처럼 대

하고 있구나."

두 사람의 대화를 들은 헤인스가 조심스레 물었다.

"그럼 저 선두에 선 자가 감천방주 조설근입니까?"

"그래."

"확실히 이상하긴 하군요."

헤인스가 보기에도 담유성이 말한 대로였다. 감천방주 조설근이라는 풍성한 콧수염의 중년 사내가, 뒤따라오는 젊은 남자에게 연신 허리를 굽실거리며 난감한 기색을 보이고 있었다.

그리고 서로 이 장 정도까지 거리가 좁혀지자, 감천방 방도들이 걸음을 멈췄다. 그리고 뒤쪽에 있던 감천방도 하나가 조용히 다가와 무언가를 내밀었다.

총관이자 내당 당주인 고잔형이 앞으로 나가 그 무언가를 받아 들고는 조심스레 담고성에게 전해주었다.

"음?"

담고성이 건네받은 것은 한 장의 붉은 종이였다. 그런데 종이를 받아 읽은 담고성의 표정이 묘하게 변했다.

"왜 그러십니까, 형님?"

담유성이 물었지만 담고성은 살짝 인상을 찡그리더니 대답 대신 명령을 내렸다.

"외당 무인들을 물리고 총관은 손님들을 접객실로 모셔라. 그리고 잠시 후 찾아갈 것이니 일단은 차를 내드리도록!"

"네?"

담유성은 물론 헤인스와 담기명까지도 의아한 표정으로 담고성을 보았다. 하지만 담고성은 그들에게 따라오라는 손짓을 하고는 그대로 안으로 들어가 버렸다.

이해할 수 없는 일이었지만 일단은 가주의 명이었다. 고잔형이 조심스레 감천방도들이 있는 곳으로 다가가고, 담유성은 손짓으로 외당 무인들을 철수시켰다.

"이게 뭡니까, 김 팍 새는구먼!"

오채군이 끝까지 분위기를 파악하지 못하고 한 소리 구시렁거리고, 헤인스가 그들을 한 번 노려보았지만 더 이상의 다른 일은 일어나지 않았다.

"도대체 그게 누구의 배첩이기에 그러십니까, 형님?"

담고성을 따라 집무실로 들어선 담유성이 여전히 이해할 수 없다는 얼굴로 물었다. 감천방이 싸울 생각으로 온 것이 아니니 외당을 물리는 것까지는 그러려니 할 수 있었다.

하지만 지금껏 사사건건 시비를 걸며 세가의 사람들은 물론 양민들에게까지 피해를 입히고 있는 감천방 놈들을 세가 안으로 들이다니. 그것도 그냥 들이는 것도 아닌 손님으로 말이다.

담유성의 물음에 담고성이 탁자 주변에 둘러앉아 있는 이들의 얼굴을 한 번 쓱 훑었다. 그리고 탁자 위를 쓸듯이 오른손을 탁자 한가운데로 쭉 밀었다.

모두의 시선이 탁자 가운데로 모이고, 담고성이 손을 거두어들였다. 그리고 탁자에는 한 장의 붉은 종이만이 남았다.

담유성이 말한 대로 한 장의 배첩(拜帖)이었다.

자신의 신분과 이름을 써 넣은 종이로, 보통 다른 집을 방문하고자 할 때 미리 사람을 통해 보내거나 직접 내미는 용도로 쓰이는 것이었다.

그렇지 않은 경우도 있었지만, 대부분은 붉은색 종이를 사용하기 때문에 담유성도 그것이 배첩이라는 것을 알아본 것이었다.

문제는 배첩에 씌여 있는 열 개의 글자.

철문방 금도사자 장운담.

"철문방! 그리고 장운담이라면?"

담유성이 경악한 목소리로 외쳤다.

"그래, 철문방주 장부동의 아들이다."

"도대체 철문방과 감천방이 무슨 관계가 있단 말입니까?"

담유성이 이해할 수 없는 얼굴로 물었다. 철문방은, 담씨세가의 용천현이 속해 있는 처주부의 인접 부(府)인 구주부를 장악하고 있는 방파였다. 겨우 한 개 현 정도를 세력권으로 하는 담씨세가와는 비교도 안 될 정도 커다란 세력이었다.

대답은 헤인스의 입에서 나왔다.

"혹시 감천방은 이 지역을 삼키기 위한 철문방의 척후가 아니었을까요?"

"뭣이?"

담유성이 말도 안 된다는 표정으로 물었지만, 헤인스는 담담하게 이야기를 이어갔다.

"지난 이틀 동안, 제가 없는 사이의 기록들을 살펴보았습니다. 그러다 한 가지 궁금한 것이 생기더군요."

"궁금한 것이라면?"

"감천방의 위세는, 적어도 한 개 현 정도는 충분히 장악할 수 있을 정도였습니다. 무림 전체로 보자면 아주 작은 소규모 방파지만, 우리와 같은 규모의 세가에서는 충분히 벅찬 상대지요. 그런데 그런 힘 있는 세력이 어느 날 갑자기 불쑥 나타난 게 이해가 되지 않았습니다. 하지만 철문방이 이쪽 지역을 삼키기 위해 자신들의 힘 일부를 떼어서 보낸 거라면 말이 되지요."

헤인스의 말에 모두들 침음성을 삼키며 고개를 끄덕였다. 그렇다면 지금 감천방주가 장운담을 모시듯 데리고 온 것도 이해가 가는 일이다.

가만히 듣고 있던 고잔형이 조심스레 말했다.

"그렇다면 우리 쪽이 다른 방파들과 손을 잡고 견제하는 것을 막기 위해 그런 수를 썼다는 말이 되는군요."

"그럴 것 같습니다. 우리 현만의 문제라면 이목은 집중되더라도 다른 방파에서 긴장하지는 않을 테니까요."

그 말을 들은 담기명이 갑자기 소스라치게 놀란 표정으로 물었다.

"그럼 저들이 지금 직접 정체를 드러내고 왔다는 건?"

"우리를 충분히 제압할 수 있다고 판단한 게지."

"그런데도 일단 찾아왔다는 말은……."

"조용히 세가를 내놓으라고 요구하거나, 철문방 밑으로 들어오라는 강요를 하러 왔겠지."

콰앙!

헤인스와 담기명의 이야기를 가만히 듣고 있던 담유성이 탁자를 내려치며 벌떡 몸을 일으켰다.

"이것들이 우리 세가를 어떻게 보고!"

당장에라도 뛰쳐나갈 기세의 담유성에게 담고성이 손을 들어 보였다. 그리고 한 사람씩 눈을 맞추고는 차분한 목소리로 말했다.

"일단은 가보자꾸나. 무슨 이야기를 할지. 대답은 이야기를 들은 후에, 행동은 그 후에 결정해도 늦지 않다."

목소리는 차분했지만 담고성의 두 눈에도 짙은 노기가 은은하게 피어오르고 있었다.

"담씨세가의 가주인 담고성이오. 어느 분이 철문방의 금도사자이시오?"

방으로 들어선 담고성이 정중하게, 그러면서도 조금도 비굴하지 않게 포권을 하며 물었다.

하지만 돌아온 대답은 조금도 생각지 못한 것이었다.

퍼어억, 우당탕!

갑자기 둔탁한 소음과 함께 누군가 요란하게 바닥을 굴렀다.

"사, 사자님!"

심각한 모습으로 바닥을 굴렀음에도 벌떡 일어나 한껏 허리를 숙이는 자는 다름 아닌 감천방주 조설근. 어찌나 세게 맞았는지 눈두덩이가 순식간에 퉁퉁 부어 올라 있었다.

"조설근."

"예, 금도사자님!"

"지금 이 자리가 담씨세가의 주인이 나를 손님으로 맞이하는 자리였는가?"

"그, 그것이!"

조설근이 이해할 수 없는 표정으로 외치며 장운담과 담고성의 눈치를 살폈다. 하지만 장운담은 조설근은 물론 담고성에게도 시선조차 주지 않은 채, 손에 든 찻잔을 보며 말했다.

"나는 오늘 내가 이곳의 주인으로 내 가신에게 인사를 받는 자리라는 기대를 하고 왔는데, 그렇지가 않구나."

조설근의 얼굴에 당혹감이 떠올랐다. 오늘 분명, 자신이 그렇게 말렸음에도 말로 풀면 좋지 않겠냐며 온 게 아니었나.

하지만 더 어처구니가 없는 사람은 담고성을 포함한 담씨세가 사람들이다.

"아버지, 지금 저자가 무슨 헛소리를……."

흥분한 담기명이 목소리까지 떨며 소리를 지르려 했으나, 담고성이 조용히 그를 말렸다.

"아, 담 가주가 있었군."

그제야 장운담이 담고성을 보았다는 듯 천천히 자리에서 일어서며 포권을 했다.

"철문방 소방주이자, 금도사자인 장운담이오. 내 수하가 부족한 점이 많아 오늘 추한 꼴을 보여 미안하게 생각하오."

담고성이 굳은 표정으로 장운담의 맞은편 자리에 앉았다. 그리고 무거운 목소리로 말했다.

"감천방이 철문방과 가까운 사이인 줄을 미처 몰랐소이다."

"하하, 별것도 아닌 일인데 아주 비밀스러운 일인 듯 말씀을 하는구려. 뭐, 이제라도 알았으니 되었소이다. 그리고 이제 곧 한식구가 될 사이인데 그런 게 뭐 아주 중요한 것도 아니지 않소?"

명백한 도발.

담고성의 뒤에 서 있는 이들의 어깨가 파르르 떨렸다. 마음 같아서는 당장에라도 뛰어나가 장운담의 주둥이를 짓이

겨주고 싶은 마음이다.

그리고 또 한 사람.

깊이 침잠한 눈동자 한가득 노기를 품고 있는 헤인스가 있었다.

'감히 케인 드레이크 공작의 본가에 저딴 허섭스레기가!'

장운담의 말은 도발이 아니라 협박이었다. 이미 용천현에 어느 정도 자리를 잡은 감천방의 힘에 철문방의 힘을 조금만 보태도 충분히 담씨세가를 장악하고 자신들의 것으로 만들 수 있으니 조용히 밑으로 들어오라는 협박.

하지만 담고성은 침착함을 유지했다. 지금 저 도발에 넘어가거나 협박에 굴복해 봐야 득 될 것이 없었다. 일단은 이들을 돌려보낸 후, 처주부에 있는 각 방파에 연락을 보내 도움을 청해야 했다.

철문방이 겨우 용천현 하나만 노리고 왔을 리가 없기 때문이었다.

"한식구라니 금시초문이오. 이곳은 대대로 우리 담씨세가의 터전이었던 곳으로 아직은 누구와 한식구가 될 마음을 먹은 적이 없소이다."

뻐어억!

두 번째 타격음이 이어지고, 조설근이 또 한 번 바닥을 굴렀다.

"끄윽!"

조설근은 아까보다 더욱 심하게 맞고 굴렀음에도 또다시 벌떡 몸을 일으켰다.

"하하, 너그러이 이해해 주시오. 내가 성격이 급해서 버릇없는 소리를 들으면 나도 모르게 손이 나가는 버릇이 있어서 말이오."

뚜둑!

탁자 아래에서 관절 꺾는 소리가 조용히 울린다. 아래로 손을 내리고 있던 담고성이 어찌나 주먹을 세게 움켜쥐었는지 힘줄이 툭 불거져 나왔다.

하지만 화를 내면 정말 저자의 말대로 될지도 모른다. 그러니 지금은 참아야 할 때였다.

장운담이 피식 미소를 지으며 다시 담고성 쪽으로 시선을 돌렸다. 그리고 곰곰이 생각하는 척하며 말을 잇는다.

"어디까지 이야기했더라? 아, 내 이야기는 다 했군. 그래서 담 가주의 생각은 어떠시오?"

"분명히 말하겠소. 본 가주는 단 한 번도 조상 대대로 내려온 이 땅을 남에게 허락할 마음이 없소."

퍼어억!

세 번째가 되자 조설근은 더 이상 몸을 일으키지 못했다. 나뒹군 채 몸을 비틀며 신음을 흘릴 뿐이었다.

하지만 담고성 역시 더 이상은 물러설 생각이 없었다.

"분명히 기억하도록 말씀드리지. 본 세가는 철문방과 한 가족이 될 마음은 추호도 없소!"

담고성의 목소리에는 조금의 흔들림도 보이지 않았다. 비굴하지는 않지만 상대를 흥분시키지 않는 한도 내에서 담고성이 할 수 있는 최대한의 의사표시였다.

"허허, 평화롭고 서로가 좋은 결론이 나올 수 있는데 꼭 이렇게 앞뒤 꽉 막힌 족속들이 있단 말이지."

방 안 한가득 짙은 살기가 피어올랐다. 그리고 헤인스는 입안에 맴도는 비릿한 맛을 느끼며 저도 모르게 한쪽 입꼬리가 삐쭉 올라가는 것을 느꼈다.

'저런 것들은 어디 가도 꼭 있다니까.'

가문의 위세, 세력의 힘을 믿고 하늘 높은 줄 모르고 천방지축으로 날뛰는 것들은 어디든 있다. 장운담 역시 그런 부류 중 하나.

만약 장운담의 저런 행동들이 진심으로 개인적인 선호에 의한 것이라면, 장운담은 분명히 무시할 수 없는 존재였다. 하지만 접객실에서 보인 장운담의 행동은 자신의 성격이 아니라, 과시를 위한 행동이었다.

자신이 얼마나 대단한 사람인지를 보여주기 위해, 특이하면서도 무시무시한 괴물의 모습을 그럴듯하게 꾸며내고 있을 뿐이었다.

하지만 헤인스에게는 너무나 분명하게 보였다. 바로 장운담의 눈 때문이었다.

스스로 꾸며낸 모습에 만족하며, 자신의 것도 아닌 권력에 취해 흐느적거리고 있었다.

헤인스는 케르네스 제국에서도 최상류층에 속해 있었다. 그러니 수많은 귀족들과 그들의 자제들을 알았고, 그들 중에서도 저런 행태를 보이는 자들을 숱하게 보아왔다. 그 덕분에 장운담에 대해 한눈에 알아볼 수 있었던 것이다.

"그렇다면 앞으로는 더 이상 볼일이 없을 것이오."

장운담이 한껏 목소리를 깔고 위협적인 목소리로 말했다. 그때 헤인스가 불쑥 앞으로 나서며 물었다.

"철문방의 금도사자께 물어볼 것이 있소."

"내가 이곳에서 더 이상 할 이야기가 있었던가?"

장운담이 헤인스를 무시하듯 말했지만, 헤인스 역시 장운담의 그 말을 무시했다.

"지금 이곳에서 한 모든 말은, 철문방주 장부동의 뜻이 분명하오?"

자신의 말을 깨끗하게 날려 버린 헤인스의 태도에 장운담의 얼굴에 울컥한 표정이 떠올랐다. 하지만 이내 애써 태연한 표정으로 미소를 지으며 말했다.

"방주님의 뜻이 없었다면 이런 공적인 자리가 만들어졌을 리가 없지."

"그 말인즉, 오늘 이 자리에서 철문방이 우리 담씨세가에 전쟁을 선포했다는 말이오?"

"크허허, 전쟁이라니? 그런 것은 서로 힘이 비슷할 때나 하는 것이지. 너희 같은 것들……."

장운담이 별 우스운 이야기도 다 들어본다는 듯 말했지

무림영주

만, 헤인스는 그 말조차 깨끗하게 잘라냈다.

"다시 말해 금도사자는, 철문방의 사자(使者)로서 오늘 본 세가를 방문했다는 말이오?"

빠드드득!

두 번이나 자신의 말을 무시한 헤인스의 태도에 장운담이 이를 갈아붙였다. 하지만 방금까지 만들어 놓은 자신의 특이함을 이제 와서 무너트리기는 싫었다.

"크흐흐, 그렇다. 철문방주의 말씀을 전하기 위해서 온 사자로서 이 자리에 왔다. 물론 네놈들에게는 저승사자이기도 하다만."

"그렇다면 이건 분명히 알고 있겠지?"

"무얼 말인가?"

"그대들이 본 장원을 벗어나는 순간, 전쟁이 시작된다는 것을."

"뭣이!"

장운담의 얼굴이 결국 일그러지고 말았다. 헤인스의 말은 장원을 떠나는 순간 공격하겠다는 엄포인 탓이다.

하지만 장운담은 끝까지 숨을 골랐다.

"어디 할 수 있으면 해보아라. 이런 촌구석에 그만한 배포와 실력을 지닌 자가 있는지는 모르겠지만."

"그렇다면 이만 나가주실까?"

헤인스의 말에 장운담이 애써 비틀린 미소를 지으며 고개를 끄덕이며 몸을 일으켰다.

그리고 데리고 온 수하들을 이끌고 문쪽을 향해 아주 천천히 걸음을 옮겼다.

"아, 그런데……."

그러다 헤인스의 옆에서 잠깐 멈추고는 나지막한 목소리로 말했다.

"과연 사지가 잘리고 눈알을 파도 그렇게 주둥이를 놀릴 수 있을지 기대되는구나. 그래도 너는 좋아할지도 모르겠구나. 세가가 없어져도 제 한 몸 건사할 수는 있을 테니까."

그 말을 끝으로 장운담을 접객실을 빠져나갔다.

하지만 정작 그 대상인 헤인스는 이를 악문 채 혼자만의 생각에 잠겨 장운담의 말을 듣지 못했다.

'하는 수밖에 없겠군.'

소가주라는 것을 해야 할 것 같다. 케르네스 제국, 아니, 아페리온 대륙 최강자인 케인 드레이크 공작의 본가가 이따위로 무시당할 수는 없다.

케인 드레이크 공작의 본가는, 전 무림을 발아래 두는 천하제일의 세가여야 한다.

'이제부터는 이름만 빌린 담기령이 아닌, 진짜 담기령으로 살겠다.'

"후우우!"

헤인스는 긴 숨을 내쉬며 호흡을 골랐다.

"어?"

그리고 그제야 담고성을 비롯한 세가 사람들이 놀란 표

정으로 자신을 보고 있는 것을 발견했다.

"왜 그러십니까?"

하지만 담고성은 뭐라고 말을 해야 할지 알 수가 없었다. 과거에 알던, 오 년 전 갑자기 사라지기 전까지 알고 있던 아들의 모습이 아니었다.

그렇게 도발에 넘어가지 않기 위해 애를 쓴 이유는, 조금이라도 시간을 벌기 위해서였다. 다른 현에 있는 방파들과 연계하여 철문방을 막을 시간을.

담씨세가가 자리한 용천현은, 처주부에서도 지리적으로 아주 중요한 곳이었다. 용천현이 넘어간다면 처주부 전체가 철문방에 삼켜지는 것은 시간문제였다.

그렇기에 더욱 시간을 벌려 했던 것이었다.

그런데 오히려 상대를 도발하며 그것을 날려 버렸으니 황당하고 화가 날 지경이었다. 그리고 아들이 말을 하려는 순간, 그것을 막지 못했던 스스로를 책망했다.

"어쩌자고 그런 짓을……."

하지만 헤인스는 묻는 말에 답하기보다는 곧장 방향을 틀며 다른 말을 꺼냈다.

"일단 급한 불부터 끈 후에 말씀을 나누시지요. 지금은 나가봐야 합니다."

"뭐?"

아들의 뜬금없는 말에 담고성은 당혹스러운 표정으로 고개를 갸웃거렸다. 하지만 아들은 이미 접객실 밖으로 나서고 있었다.

"우선 놈을 잡아야 합니다. 먼저 가겠습니다."

밖으로 나선 헤인스는 정문 쪽을 향해 걸음을 재촉했다.

결론을 내렸으니 행동하는 것이 순서. 시간이 촉박한 것은 아니지만, 그렇다고 여유로운 것도 아니었다.

그러다 문득 할아버지의 이야기가 머릿속에 떠올랐다.

「이 할아버지의 가문, 그리고 너의 가문이기도 한 담씨 세가는 무인들만의 세상인 무림이라는 곳에 속해 있단다. 그리고 담씨세가는 그 무림에서도 홀로 우뚝 솟아 있는 하늘 같은 곳이란다. 모든 무인들이 우러러보며 추앙하던, 전 무림을 호령하는 천하제일의 가문이지. 너는 그런 가문의 후손인 것을 자랑스러워해야 한다.」

'어쩌면 그건 단순한 허풍이 아니라, 할아버지의 바람이 아니었을까.'

당신께서 세상을 떠난 지금 확인할 길은 없었다. 하지만 지금의 일을 겪고 보니 왠지 그랬을 것 같다는 생각이 든다.

헤인스는 저도 모르게 걸음을 멈추고 천천히 주변을 돌아보았다.

웅장하지는 않지만 오랜 시간을 담고 있는 전각들이 헤인스의 시야를 가득 채웠다.

그 긴 세월의 흔적들이 새삼 아릿한 느낌으로 다가왔다.

저쪽 세상에 있는 드레이크 공작령의 내성은 채 삼십 년도 되지 않은 건물이었다. 할아버지가 작위와 영지를 받으면서부터 짓기 시작해, 아버지가 작위를 물려받은 후에야 마무리가 되었다고 했다. 웅장하고 위압감 넘치는 드레이크 공작의 위엄을 그대로 보여주는 장소였다. 하지만 이런 긴 세월의 흔적은 찾아볼 수 없는 곳이었다.

'할아버지가 하신 만큼, 나도 한다.'

혈혈단신으로 대륙 최강의 가문을 세우신 것처럼.

이곳에 깃들어 있는 세월의 흔적에 드레이크 공작가의 힘과 위엄을 더하리라.

조용히 고개를 끄덕인 헤인스는, 아니, 이제부터는 할아버지의 이름으로 충실하게 살기로 마음먹은 '담기령'은 다시 정문으로 내달렸다.

4장
흑야와 창월

담기령은 긴장 가득한 얼굴로 바쁜 걸음을 옮겼다.

'못 알아들었을 리는 없겠지?'

접객실에서 장운담에게 했던 말은 괜한 엄포가 아니었다. 장원의 문턱을 넘는 순간 명백한 적이라는 선언이었다. 그리고 장운담은 그 뜻을 이해하고 반응을 보였다.

'도망칠 리도 없기는 하겠지만······.'

자기 과시욕이 엄청난 놈이었다. 그런 놈이 꽁무니를 빼고 도망치지도 않으리라.

그래도 바빠지는 걸음은 어쩔 수 없었다.

얼마 지나지 않아 장원의 정문이 시야에 들어왔다. 동시에 이제 막 장원의 정문을 통과하는 장운담의 뒷모습이 보였다.

그리고 담기령은 땅을 박찼다.

'루나!'

"밖으로 나서면 아무나 한 놈 먼저 내려보내서 대기하고 있는 놈들에게 바로 공격하라 명해라."

장운담이 작은 목소리로 조설근에게 말했다.

"알겠습니다. 꼭 저렇게 관을 봐야 눈물을 흘리는 놈들이 있지요."

"이런 것도 세가랍시고 쥐고 있으니 제깟 놈들이 무림의 대단한 세가쯤 되는 줄 아는 모양이야, 크크크."

조설근이 이때다 싶어 연신 고개를 꾸벅거리며 그 말에 동조했다.

"그러게 말입니다요. 이 절강성에서 철문방을 당할 놈들은 한 놈도 없지요."

그때였다.

타다다닥!

"음?"

슬쩍 뒤를 돌아보는 장운담의 두 눈에 형형한 안광을 뿜어내며 달려오는 한 사내의 모습이 보였다. 그리고 장운담의 입매가 비틀어졌다.

"미친놈!"

주제도 모르고 감정에 치우쳐 죽을 자리를 찾아오는 놈들은 어디에나 있다. 물론 장운담 자신 앞에서 그랬던 놈들은 좋은 꼴을 보지 못했지만.

"그래도 제 말은 지킬 줄 아는……."

끝까지 으스대며 한껏 멋을 내려던 장운담의 두 눈이 화등잔만 하게 커졌다.

이쪽으로 달려오는 담기령의 오른손 언저리에 갑자기 파란 빛무리가 떠오르는가 싶더니 어느새 한 자루 칼이 불쑥 솟아난 것이다.

그리고 그 칼이 정확하게 날아들었다.

쑤아아앙!

거센 파공성과 함께 섬뜩한 감각이 장운담의 신경을 휩쓸었다.

"끄아악!"

울려 퍼진 비명. 뒤이어 터져 나온 노성.

"이놈이 감히!"

비명과 함께 피투성이가 되어 바닥에 구른 사내는 장운담과 조설근을 따라 장원으로 들어왔던 감천방도 중 한 명이었다.

갑자기 솟구쳐 나온 칼에 당황한 장운담이 급히 옆에 있던 방도 하나를 잡아 방패로 썼던 것이다.

한 번의 도약으로 밖에서 대기하고 있던 감천방도들 사이에 선 장운담이 손을 뻗었다.

스르릉!

맑은 소리와 함께 한 자루 장검이 새하얀 검신을 드러냈다. 밖의 수하들에게 맡겨 놓았던 장운담의 애병, 혈린이었다.

장운담이 혈린으로 담기령을 가리키며 나지막한 목소리로 말했다.

"더 이상의 자비는 없을 줄 알아라."

하지만 대답을 한 것은 담기령의 입이 아니라, 그의 손에 쥐어진 칼이었다.

보통의 칼보다 조금 더 크고, 조금 더 휘어 있는 데다 도신까지 은은한 푸른색이 감도는 한 자루 기형도.

담기령의 기형도가 다시 한 번 호쾌한 바람을 끌어안았다. 하지만 장운담도 이번에는 준비를 하고 있었다.

지이이잉!

공력이 전해지는 순간 혈린이 검신을 잘게 떨며 맑은 울음소리를 터트렸다.

도격과 검격의 두 줄기 궤적이 서로를 향해 날카로운 이를 드러냈다.

까아아앙!

세찬 쇳소리가 울려 퍼졌다.

"크으윽!"

장운담의 입에서 신음이 비집고 나온다. 혈린을 쥔 오른손에서 어깨까지 뼈마디가 욱신거렸다. 무시무시한 힘이 담긴 일격이었다.

하지만 서로 날붙이를 부딪치는 상황에서는, 겨우 한 호흡만으로도 생사가 나뉠 수 있는 법.

장운담은 이를 악물고 두 발에 힘을 담았다. 부딪친 힘에 못 이겨 흔들리는 중심을 애써 바로 잡고, 오른손에 한층 공력을 끌어올려 혈린을 뻗었다.

칼의 효용이 베는 데 있다면, 검의 그것은 찌르는 데 있다. 당연히 각각이 그려내는 궤적 또한 다를 수밖에 없다.

차차차창!

우악스러운 호선과 날렵한 직선이 쉴 새 없이 교차되며 점을 찍은 후, 되돌아갔다가 다시 부딪치기를 반복했다.

두 사람은 겨우 몇 번의 호흡이 반복되는 동안, 십여 합을 주고받았다. 그러다 약속이라도 한 듯 땅을 박차며 서로의 거리를 삼 장 가까이 벌렸다.

상황만으로 보자면 분명한 호각. 하지만 물러난 후 두 사람의 모습은 그렇지가 않았다.

담기령이 편안한 모습으로 가만히 장운담을 응시하는 반면, 장운담은 이를 악문 채 어깨까지 들썩이며 거칠어진 호흡을 가다듬고 있었다. 명백한 담기령의 우위였다.

하지만 장운담은 그리 생각하지 않았다.

"예사 물건이 아니구나!"

멍청해서 나온 말이 아니었다. 받아들일 수 없기 때문이었다. 이 촌구석에 세가랍시고 자리 차지하고 있는 하룻강아지가 자신보다 무공이 높을 리 없었다.

그러니 그 원인을 찾아보자면 하나밖에 없다. 저 기묘한 모양의 칼 한 자루.

담기령은 별다른 반응을 보이지 않았다. 저런 식의 사고를 가진 놈들은, 저쪽 세상에서 신물이 나도록 보아왔다. 새로울 것이 없으니 반응할 가치도 없었다.

그 대신 다른 것을 생각하고 있었다.

'도법은 충분하군. 이번에는……'

장운담의 수준은 첫 합을 나누는 순간 대강 파악할 수 있었다. 아무리 높게 쳐줘도 병장기에 공력을 불어넣어 단단하고 날카롭게 만들 수 있는 예기(銳氣)의 수준이었다.

그럼에도 단번에 장운담을 베지 않은 이유는 두 가지였다. 첫 번째는 소중한 인질이기 때문이었고, 두 번째는 할아버지의 무공을 확인하기 위해서였다.

이제 할아버지가 저쪽 세상에서 각고의 노력 끝에 만든 또 다른 한 가지, 팔황불괘(八荒不罣)를 확인할 때였다.

정면의 장운담을 향해 다시 나서려 할 때, 갑작스러운 소리가 담기령의 발을 붙잡았다.

"율천향은 대공자를 보호하고 적을 맞이하라!"

외당 율천향 향주 윤명산의 외침이었다. 명과 함께 아까부터 장원의 담 위에서 대기하고 있던 궁수들이 빈 시위에 살을 걸었다. 장원 안에서 대기하고 있던 율천향 무인들 역시 일사불란하게 장원 밖으로 뛰어나와 일대를 둥그렇게 둘러쌌다.

장원 안에서는 다시 경종이 울렸다. 보이지는 않지만 다른 두 개의 향, 순지향과 숭인향 역시 자신들의 자리에서 외부를 경계하고 있으리라.

담기령은 그런 외당의 모습이 마음에 든다는 듯 차분한 표정으로 고개를 끄덕였다. 그리고 입을 열었다.

"담가의 외당 무인들에게 명한다!"

윤명산이 한껏 숨을 들이마신 후 큰소리로 외쳤다.

"외당 율천향이 소가주의 명을 기다립니다!"

윤명산의 목소리에는 비장함이 묻어 있었다. 그동안 담씨세가의 땅에 들어와 갖은 시비로 속을 뒤집어 놓던 감천방에 드디어 제대로 된 반격을 할 수 있는 시기가 온 것이다. 그렇다면 세가의 무인으로서 세가의 전쟁에 선봉장이 되리라.

"한 명도 빠짐없이 장원으로 들어가 대기하라! 내 명이 있기 전에는 절대 밖으로 나오지 말라!"

"에?"

윤명산이 당혹스런 표정으로 김빠진 신음을 흘리는 순간, 담기령이 장운담을 향해 짓쳐 들었다.

"미친놈!"

장운담이 씹어뱉듯 던진 한마디로 담기령을 평했다. 제 놈들이 그나마 우위를 차지하려면, 수적인 우세를 이용하는 방법밖에 없었다. 그런데 무인들을 뒤로 물리고 혈혈단신으로 덤비다니.

'귀물을 하나 얻었다고 상황 파악을 못하는 놈이구나!'

장운담은 끝까지 담기령의 무공을 인정하지 않았다. 그리고 거세게 쇄도해 들어오는 담기령을 맞이했다.

두 사람의 거리가 순식간에 줄어들었다가 다시 벌어졌다.

장운담이 재빨리 발을 빼 물러선 탓이었다. 담기령의 무공을 인정하는 안목과 사고는 없었지만, 적어도 기형도를 조심해야 한다는 머리는 있었던 덕이다.

순식간에 다섯 걸음을 물러난 장운담의 두 눈이 신중하게 담기령의 움직임을 살폈다.

담기령이 발에 힘을 주며 장운담의 퇴보(退步)를 쫓았다. 그리고 장운담은 다시 뒤로 물러섰다. 장운담이 물러서고, 담기령이 다시 쫓아가는 상황이 세 번 반복되었을 때 갑자기 이상한 현상이 일어났다.

"음!"

장운담의 두 눈이 가늘게 좁혀졌다. 쫓아오는 담기령의 양팔에서 갑자기 검은 안개가 피어올랐다. 장운담은 아까 담기령의 오른손에 기형도가 떠올랐던 광경을 기억해 냈다. 순간적으로 경계하는 마음에 재빨리 열 걸음 가까이 거리를 벌렸다.

'이번에는 무슨?'

담기령의 팔뚝을 감싼 안개가 갑자기 싹 걷히더니 이번에는 쇠로 만든 듯한 검은색 비구(臂具)가 나타났다. 마치 원래 착용하고 있던 것처럼 팔뚝을 감싼 채 나타난 물건. 게다가 그 형태 또한 흔히 보던 것이 아니었다.

장운담이 긴장된 표정으로 혈린에 한껏 공력을 주입하는 찰나, 담기령이 다시금 앞으로 쇄도했다.

"미친놈!"

장운담은 세 번째 같은 말을 입에 담았다. 그런데 이번에는 한껏 조소를 머금은 채다.

갑자기 힘차게 진각을 밟은 담기령이 왼팔을 쭉 뻗어온 탓이다. 팔뚝에 찬 비구를 믿고 하는 짓거리다. 하지만 아무리 훌륭한 비구라도, 예기를 두른 혈린이라면 팔까지 통째로 잘라 버릴 수 있었다. 도검과 달리 방어를 위한 물건들은 보통의 쇠로 만드는 법이니 당연한 일.

혈린이 깔끔한 호선을 그렸다.

끼이이익!

"헉!"

귀를 긁어대는 마찰음과 동시에 장운담의 입에서 당혹스러운 바람 소리가 터졌다. 그리고 들려온 또 다른 소리.

짜악!

깔끔한 소리와 함께 장운담의 몸뚱이가 바닥을 나뒹굴었다.

"감히!"

황급히 몸을 일으키며 노성을 질러대는 장운담의 오른쪽 뺨에 붉은 손자국이 선명하게 떠올랐다.

태어나서 단 한 번도 당해 본 적이 없는 일이었다. 하지만 장운담의 두 눈에는 처음 떠올랐던 분노와 굴욕감이 삽 시간에 사라지고 탐욕이 자리를 잡았다.

혈린의 검날이 비구를 가른 순간을 장운담은 분명하게 되짚을 수 있었다. 검날이 닿는 순간 묘한 반탄력과 함께 검날이 그대로 미끄러지며 튕겨 나간 것이었다.

"그거야말로 귀물이로구나!"

탐나는 물건이었다. 저런 귀물을 가지고 있다면 누구와 싸워도 지지 않을 자신이 있었다.

하지만 담기령은 그 말을 부정했다.

"무공이다."

물론 장운담이 믿을 리가 없는 말이었다. 장운담이 깔끔하게 그 말을 무시하며 버럭 소리를 질렀다.

"뭘 넋 놓고 있느냐!"

외침의 대상은 어찌해야 할지 몰라 엉거주춤 서 있는 조설근이었다.

"예? 예?"

"내가 이대로 당하는 꼴을 계속 보겠다는 말이냐?"

조설근은 그제야 장운담의 말을 이해했다.

"놈을 쳐라!"

외침과 함께 조설근이 달리고, 감천방도들이 병장기를 뽑으며 그 뒤를 쫓았다.

"덕분에 아주 귀한 물건을 얻게 되었다!"

싸늘하게 웃으며 말하는 장운담의 입술 사이로 붉은 피가 주르륵 흘렀다. 처음 따귀를 맞는 순간 입안이 다 터진 탓이다. 하지만 장운담은 그것을 닦을 생각도 하지 않은 채 혈린을 쥔 손에 더욱 힘을 주었다.

"령아!"

"형님!"

조금 늦게 정문으로 온 담고성과 담기명이 다급한 외침을 터트리며 칼을 빼 들고 정문을 넘었다.

"대공자!"

윤명산도 기겁한 얼굴로 발을 뻗었다.

하지만 담기령의 표정은 조금도 흔들리지 않았다.

"아무도 나오지 말라!"

앞으로 뛰쳐나가려던 모든 이들의 발걸음이 멈칫하는 찰나, 담고성과 담기명의 두 눈이 뒤집힐 만한 일이 벌어졌다. 담기령이 손에 쥐고 있던 기형도가 갑자기 푸른빛으로 변하더니 그대로 사라져 버린 것이다.

그와 동시에 조설근을 비롯한 열다섯 명의 감천방도들이 담기령을 덮쳤다.

담고성과 담기명이 저도 모르게 질끈 두 눈을 감았다. 머릿속에는 방금 전 멈칫했던 자신들의 두 발을 원망하며 이를 악물었다.

'루나 해제.'

담기령의 마음속 외침에 오른손에 들려 있던 기형도가 갑자기 푸른빛의 가루처럼 변하더니 그대로 증발하듯 사라져 버렸다.

'녹스는 건틀릿.'

생각은 의지로 이어지고, 그 의지는 왼쪽 팔뚝의 미세한
떨림으로 화답했다. 담기령의 양손이 시커먼 안개에 휩싸이
더니, 안개가 꺼지듯 사라지자 아까의 비구처럼 다른 무언
가가 나타났다.

양손을 감싸고 있는, 쇠로 만든 것이 분명한 한 쌍의 수
갑(手甲)이었다.

동시에 열다섯 명의 감천방도가 담기령에게 몰려왔다.
서슬 퍼런 각양각색의 날붙이들이 한꺼번에 쇄도했다. 장검
과 단창이 공간을 꿰뚫고, 낫과 도끼가 바람을 갈랐다.

하지만 담기령의 얼굴은 침착하기 짝이 없었다.

쉐에엑!

가장 먼저 날아든 것은 단창과 두 자루 장검이었다. 그리
고 담기령의 두 손도 움직였다.

건틀릿을 낀 담기령의 양손이 오른쪽과 왼쪽에서 찔러
들어오는 단창과 장검을 향해 불쑥 들어 올려졌다.

하지만 받아쳐 떨쳐 내기 위한 동작이 아니었다. 마치 날
아드는 물건을 받아낸 후 던지려는 듯한 무거우면서도 부드
러운 손놀림이었다.

양손과 두 자루 무기가 부딪치는 순간 거센 마찰음이 울
렸다. 장검과 단창의 움직임이, 갑자기 대가리를 치켜드는
뱀처럼 수평으로 날아들던 궤적을 갑자기 솟구치며 사선으

로 바뀌었다.

그사이 담기령의 두 손은 정면에서 날아드는 장검의 검봉을 오른손바닥으로 받으며 왼손으로 장검의 중단을 밀쳐 올렸다.

카카칵!

세 방향에서 날아들던 무기들이, 원래의 목표를 잃고 거의 동시에 위쪽을 찔렀다. 세 무기가 한 곳에 서로 얽히는 것은 당연지사.

마지막으로 담기령의 양손이 얽혀 있는 세 자루 무기 사이로 비집고 들어갔다.

끼이익, 까앙!

세 자루 무기 사이에 낀 시커먼 한 쌍의 비구가 기묘하게 회전하는 찰나, 장검과 철창이 그대로 부러져 나갔다.

"끅!"

동시에 세 줄기 신음이 터져 나왔다. 부러진 각자의 무기가 어느새 제 주인의 가슴팍에 틀어박혀 있었다.

오연히 서 있는 담기령이 착용하고 있는 수갑과 비구에는 희미한 아지랑이가 피어오르고 있었다.

순식간에 시체가 되어 버린 동료들의 모습에 달려들던 감천방도들의 발이 주춤한다.

"뭣들 하느냐!"

뒤이어 장운담의 일갈이 터지고, 감천방도들이 다시 앞으로 나섰다.

사방에서 갖가지 병장기가 날아들었다. 하지만 담기령의 표정은 처음 그대로였다.

아지랑이가 피어오르는 듯한 시커먼 수갑과 비구가 종횡 무진 사방을 휘저었다.

예의 마찰음이 터지고 비명이 울려 퍼졌다. 다시 두 명의 감천방도가 쓰러지는 찰나, 싸늘한 기운이 담기령의 가슴팍을 노리고 뾰족하게 날아들었다.

하지만 확장된 담기령의 감각은 그 움직임을 인지하고 있었다.

끼기긱!

세차게 찔러 들어가던 혈린의 검신이, 열십자로 교차된 담기령의 두 팔 사이에 끼어 움직임을 멈췄다.

"이익!"

당황한 장운담이 오른손에 힘을 주며 혈린을 회수하려하는 순간, 검신이 휙 돌아갔다. 장운담이 반사적으로 혈린을 쥔 오른손에 힘을 주었다. 하지만 더 큰 힘으로 돌아가는 혈린을 바로 잡기에는 턱없이 부족했다.

오른쪽 손목이 돌아가고 팔꿈치에 이어 어깨까지 비틀리더니 그대로 상체가 무너졌다.

동시에 담기령의 왼손이 바람을 안았다.

빠악!

아까와는 조금 다른 소리가 울렸다. 충격에 못 이긴 장운담의 몸뚱이가 허공에서 팽이처럼 빙그르 돌며 그대로 바닥에 처박혔다.

"컥, 쿨럭쿨럭!"

격한 기침을 해대는 장운담의 입에서 피와 함께 부러진 이빨이 튀어나왔다. 쇠로 만든 수갑으로 뺨을 후려쳤으니 당연하다면 당연한 결과.

그사이 담기령이 또 다른 감천방도들을 상대하고 있었다. 거세게 휘두른 주먹에 낫이 부러지고, 팔뚝의 비구에 도끼가 튕겨 나갔다. 뒤이어 끔찍한 파육음이 울리고 두 명의 감천방도가 그대로 시체가 되어 나뒹굴었다.

그때, 틈을 노린 한 자루의 귀두도가 지당도법으로 바닥을 쓸며 담기령의 다리를 베어갔다.

끼이이익, 팍!

"헉!"

조설근의 입에서 신음이 터졌다. 담기령의 종아리에는 어느새 시커먼 쇠로 된 각반이 채워져 있었다. 그리고 조설근의 귀두도는 땅에 처박힌 채였다.

이 무슨 괴사란 말인가. 칼날이 미끄러지며 튕겨 나가다니. 하지만 조설근의 생각은 이어지지 않았다.

뻐어억!

머릿속이 공황 상태에 빠진 순간 날아든 발이 조설근의 턱을 냅다 올려붙인 탓이다.

"끄악!"

이미 장운담에게 맞아 엉망으로 부어오른 조설근의 얼굴

에 흙먼지로 범벅이 되었다.

온 힘을 다해 되돌아온 장운담이 그 틈을 노리고 혈린을 찔러 넣었다. 온몸의 공력을 싣고, 알고 있는 최악의 살초를 뿌렸다. 하지만 돌아온 것은 아까와 마찬가지의 것이었다.

빠악!

세 번째 따귀에 장운담은 머릿속이 새하얗게 변하는 느낌이었다. 입안은 이미 엉망으로 터져 피가 가득했고 두 개의 이빨이 더 부러져 나갔다. 힘겹게 몸을 일으켰지만, 맞으면서 머리가 흔들린 탓에 다리에도 힘이 들어가지 않았다.

부들부들 무릎을 떨며 겨우 몸을 일으키는 순간, 더 이상의 비명이 들리지 않았다.

저 멀리 혼절해 있는 조설근을 제외한 모든 감천방도들이 어느새 시체로 변해 있었다. 그리고 그 한가운데 담기령이 온몸에 피를 뒤집어쓴 채 자신을 노려보고 있었다.

"네, 네놈은……."

저벅, 저벅.

성큼성큼 걷는 담기령의 발소리가 장운담의 귓전에서 천둥처럼 울려 퍼졌다. 걷는 동안 담기령의 수갑과 비구, 각반이 갑자기 검은 안개처럼 뭉실 피어오르더니 픽하고 꺼지듯 사라져 버렸다.

장운담의 두 눈이 경악으로 물들었다. 그 귀물들에 대한 탐심은 더 이상 남아 있지 않았다. 그저 귀신같은 담기령의 모습에 겁이 날 뿐이었다.

황급히 뒤로 물러서려던 장운담은 그대로 바닥에 주저앉았다. 힘겹게 몸을 받치고 있던 두 무릎에서 힘이 빠진 탓이다.

장운담이 황급히 상체를 일으켜 고개를 드니, 바로 앞에 서서 자신을 내려다보는 담기령의 모습이 눈에 들어왔다.

"저, 저리 가!"

장운담이 질린 표정으로 악다구니는 쓰는데, 담기령의 오른손이 움직였다.

짜악!

네 번째 따귀와 함께 장운담은 그대로 정신을 놓았다.

담기령은 쓰러진 장운담을 내려다보며 가볍게 숨을 골랐다. 그리고 만족스러운 표정으로 희미하게 고개를 끄덕였다.

'할아버지의 무공은 충분하다.'

무공에 대해서 의심하지는 않았다. 하지만 낯선 곳에서 처음으로 내보이는 무공이니 약간의 긴장감과 혹시나 하는 불안감이 없는 것 또한 아니었다.

그리고 이제 확실하다는 확신이 섰다. 수준이 떨어지는 이들을 상대하기는 했지만, 팔황불괘가 이곳에서도 충분히 그 빛을 발할 수 있다는 것만큼은 분명했다.

팔황불괘공(八荒不罣功).

여덟 방위의 끝, 세상 어디에도 거리낄 것이 없다는 광오한 이름의 무공.

케인 드레이크가 아페리온 대륙에서 죽을 고비를 숱하게 넘기며 무리를 확립하고 다듬어 완성한 것이다. 하지만 그것은 박투술도 금나수도 아닌, 중원의 어떠한 무공과도 궤를 달리하는 독특한 무공이었다.

굳이 정의를 내리자면 사지는 물론 어깨나 무릎, 머리까지 적극적으로 활용하는 일종의 운신법(運身法)이다. 날아드는 공격을 온몸을 이용해 받아치거나 흘려내는 무공이었다.

아페리온 대륙의 기사들은, 그 수준이 예기에 이르면 입고 있는 갑옷에도 예기를 두를 수 있었다. 당연히 검기의 수준에 이르렀다면 갑옷에도 검기와 동일한 기운을 덧씌울 수 있었다. 즉, 입고 있는 갑옷을 매개로 스스로를 보호하는 기의 막을 한 겹 덧씌우는 것이다.

케인 드레이크가 그러한 아페리온 대륙의 무리(武理)에 중원의 촌경(寸勁)과 회경(回勁)을 접목시켜 창안한 것이 바로 팔황불괘공이었다.

담기령의 양팔 비구에서 피어오르던 아지랑이는 바로, 비구에 덧씌웠던 그의 기운이 실체화된 모습이었다. 그리고 장운담이 검날이 미끄러진다고 느낀 것이 그 기운에 의한 것이었고, 검신이 튕겨진 것은 촌경과 회경 때문이었던 것이다.

「이 할아비가 처음 이곳에 왔다가, 우연히 누군가와 시비가 붙어 싸웠을 때 얼마나 당황했는지 모른다. 허허허.」

「뭐 때문에요?」

「무공의 방식이 너무 달랐거든.」

「무공의 방식이요? 어떻게 달랐는데요?」

「가장 큰 차이는 갑옷이다. 할아버지가 있던 중원의 무림인들은 갑옷을 입지 않거든.」

「병사들이 전쟁을 하면서도 갑옷을 안 입어요?」

「아니. 그들이 보통의 병사들과 다르다는 말은 일전에 해주지 않았느냐?」

「아, 그렇죠. 그런데 그게 어떤 차이가 있는데요?」

「가장 큰 차이는, 공격을 몸으로 받아 흘린다는 점이다. 처음에는 그 방식을 보고 코웃음을 쳤지. 무기에 공력을 실으면 아무런 소용이 없는 물건이라고 생각했거든. 하지만 그게 이 할아비의 가장 큰 실수였다.」

「무슨 실수요?」

「무공의 발달 과정이 완전히 다르다는 걸 생각지 못했단다. 도검에 공력을 싣는 것은 이곳 사람들도 할 수 있다. 그런데 그런 공격까지 흘려내더구나. 무기만이 아니라 갑옷에까지 공력을 싣고 그것을 최대한 활용하는 방향으로 무공이 발달해 있었던 거야. 이 할아비는 그것까지는 생각지 못했던 거지.」

「그래도 할아버지는 대륙 최강의 마스터잖아요.」

「그거야 담씨세가의 가전 무공과 이곳의 무공 방식을 조화시킨 덕분이지. 그리고 할아버지가 창안한 팔황불괘가 있었던 덕분이기도 하고.」

담기령이 열 살 때 무공을 배우기 시작하면서 들었던 이야기였다. 그 당시 할아버지의 당혹감과 지금 이곳에서 담기령의 무공을 맞이하는 이들의 느낌은 크게 다르지 않으리라.

어쨌든 장운담을 인질로 잡는다는 것과 무공을 확인한다는 두 가지 목적은 모두 달성한 셈이었다. 이제 앞으로의 일을 생각해야 할 때였다.

"이게 도대체 무슨 일이냐?"

담고성이 굳은 듯 멈춰 서서 멍하니 중얼거렸다.

오 년 만에 돌아온 아들은 성격만 변한 것이 아니었다. 무공도, 그 수준도 과거와는 너무 달랐다.

사방으로 튕겨져 나가떨어지는 감천방 무인들의 모습에 저도 모르게 부르르 떨었다.

싸움이 아니었다. 일방적인 살육이나 마찬가지였다. 내딛는 발걸음, 뻗는 손짓에 일말의 망설임도 보이지 않는다.

현 정도 단위에 자리 잡고 있는 세가들은, 대부분이 그리 뛰어난 무력을 지니고 있지 않았다. 그리고 절강의 세가들은, 다른 지역의 세가와는 또 다른 차이를 가지고 있었다.

시시때때로 출몰하는 왜구들을 막기 위해 조직된 민병의 성향이 강했다. 돈이 있고 생각이 있는 그 지역의 유지들이 약탈을 일삼는 왜구들을 막기 위해 조직한 민병대.

세가에 대대로 이어지는 무공이 있기는 해도, 깊이가 있는 것도 아니고 내가심법 또한 꽤 조잡한 편이다.

장운담이 담씨세가를 낮잡아 본 이유 또한 그것이었다.

그런데 담기령이 그런 장운담을 손쉽게 날려 버리고, 열다섯이나 되는 감천방 무인들을 도륙하고 있으니 믿기가 힘든 것이 당연했다.

"그리고 저 칼은 뭐고, 비구와 수갑은 또 뭐란 말이냐?"

담고성의 중얼거림에 옆에 서 있던 담기명이 멍한 표정으로 고개를 저었다.

"저도 모르겠습니다."

담고성이 살짝 찌푸린 눈으로 고개를 끄덕였다. 알고 있으리라 생각하고 물어본 것도 아니었다.

짜악!

담고성이 그런 생각을 하는 사이 장운담이 마지막으로 따귀를 맞고 저만치 나뒹굴었다.

"후우!"

담기령이 고개를 숙이고 생각에 잠긴 듯한 표정을 지었다. 그러다 고개를 돌려, 두 눈이 찢어질 듯 부릅뜨고 있는 윤명산에게 시선을 맞추고는 장운담과 조설근을 가리키며 말했다.

"이놈들을 따로 가둬 두십시오."

"예, 소가주님!"

생각지도 못한 어마어마한 담기령의 무공에 질린 탓인지 윤명산이 화들짝 놀라며 대답했다. 그리고 자신과 똑같은 표정을 짓고 있는 율천향 무인 네 사람을 가리키며 말했다.

"너희는 저 두 사람을 포박하고, 나머지는 시신을 처리해라."

율천향의 무인들이 얼떨떨한 표정을 지으면서도 황급히 명에 따라 움직이기 시작했다.

갑작스러운 명령이었음에도 외당 무인들의 움직임은 일사불란했다. 담기령은 그 모습을 보며 고개를 끄덕인 후, 정문 쪽으로 걸었다.

"다친 곳은 없느냐?"

정문에 도착하니 담고성이 놀란 마음을 억지로 다독이며 물었다.

"예, 괜찮습니다."

"그런데 아까 그 칼이나 비구 같은 것들은 무엇이며, 방금 보인 그 무공은……."

담고성이 놀란 마음에 궁금했던 것들을 한꺼번에 쏟아냈으나, 담기령이 그 말을 자르며 말했다.

"일단, 세가 무인들에게 철저하게 경계하라고 하십시오.

그리고 척후를 보내 장원을 중심으로 오 리 반경을 살피도록 하십시오. 인질을 잡아놓기는 했지만 안심할 수는 없으니 조금도 긴장을 늦춰서는 안 됩니다."

갑작스러운 말에 담고성이 고개를 갸웃거렸다.

"그게 무슨 말이냐?"

"철문방 놈들이 걱정하는 것은 한 가지밖에 없었을 겁니다. 자신들이 처주부로 세력을 넓히려 한다는 소문이 외부로 새어 나갈지도 모른다는 부분이지요. 그런데도 이렇게 대놓고 들어왔다는 건, 소문이 새어 나가기 전에 우리 세가를 칠 자신이 있었기 때문일 겁니다. 모르긴 몰라도, 대규모 병력이 주변을 포위하고 있을 게 분명합니다."

담기령의 이야기에 옆에 있던 담기명이 그제야 뭔가 깨달았다는 듯 물었다.

"그렇다면 아까 형님이 장운담에게 했던 말이?"

"그래, 놈이 말을 전하기 위해서 온 '사자'라는 사실을 분명히 하기 위해서였다. 선전포고를 하러 온 사자를 멀쩡히 돌려보내는 경우는 거의 없으니까. 장운담 저놈은 허세를 부리고 싶어 직접 와서 거들먹거린 거겠지. 운 좋게 싸우지 않고 우리 세가를 삼킬 수 있다면 자기 면이 더 설 거라는 계산도 했을 테고. 뭐, 그만큼 생각이 없는 놈이니까. 그래도 저놈의 멍청함 덕분에 우리는 인질을 잡을 수 있게 되었으니 그나마 다행이라고 할 수 있지."

"그런데 형님, 그 비구와 칼은 어떻게 된 겁니까? 그리고 지금은 어디로 사라진 겁니까?"

담기명 또한 담기령의 물건에 대해 물었다. 담기령은 잠시 망설이다가 담고성과 담기명, 그리고 담유성을 향해 말했다.

"일단 안으로 들어가서 이야기하시지요."

뭔가 곤란한 부분이 있다고 생각한 담고성이 고개를 끄덕이며 담유성에게 말했다.

"외부 경계를 철저히 하라 이르고, 척후를 보내거라. 조금이라도 이상한 것이 보인다면 바로 경종을 울리라고 해라."

"예, 먼저 들어가십시오. 향주들에게 일러둔 후에 뒤따라가겠습니다."

담유성의 말에 담고성이 고개를 끄덕이며 방향을 틀었다.

집무실로 가는 담고성의 발걸음이 바쁘다. 한시라도 빨리 아들의 이야기를 들어야겠다는 마음에서였다.

세가를 집어삼키려는 세력이 목전까지 들이닥친 상황이니 다른 데 마음을 둘 수 있을 정도로 여유가 있지는 않았다. 하지만 담고성의 마음속에서는 아들의 물건과 기이한 무공에 대해 아는 것이 더 우선이었다.

'설마 사술이나, 마공 같은……'

자식이기 때문이었다. 오 년 만에 돌아온 큰아들이 혹여 잘못된 길로 들어선 것은 아닐까 하는 걱정 때문이었다.

담씨세가의 위치는 절강성 처주부 용천현이었다. 그런

작은 곳에서 거의 평생을 보내온 담고성이니, 이해할 수 없는 물건이나 무공을 보니 그런 생각부터 먼저 난 것이다.

집무실로 들어서자마자 담고성이 자리에 앉기도 전에 물었다.

"그래 이제 말해보아라."

"숙부님이 오시면……."

"아니다. 우선 아비에게 먼저 말하거라."

담고성의 재촉에 담기령은 기감을 퍼트려 주변을 살폈다. 주변에 아무도 없다는 것을 확인한 담기령이 담고성과 담기명을 향해 두 손을 내밀었다.

그리고 양팔의 옷소매를 들추었다.

"이건?"

담고성이 고개를 갸웃거리며 물었다. 담기령의 소매 안쪽에는 팔뚝에 얇은 비구가 채워져 있었다.

질감으로 봐서는 금속판이 분명한데, 종잇장처럼 얇고 비단처럼 부드러운 재질의 비구였다.

'루나, 녹스!'

담기령의 마음속 부름과 동시에 양팔의 비구가 부르르 떨렸다. 동시에 오른손에서는 푸른빛이 길죽하게 솟구치고, 온몸은 시커먼 안개에 휩싸였다.

"헉!"

단순히 팔뚝만이 아니라 전신이 검은 안개에 휩싸이는 광경에 담고성과 담기명이 동시에 헛바람을 들이키며 뒷걸음질 쳤다. 그사이 푸른빛과 검은 안개가 순식간에 사라지고, 두 사람 앞에는 놀라운 광경이 펼쳐져 있었다.

담기령이 온몸에 검은 갑주를 걸치고, 아까 보았던 푸른 도신의 기형도를 들고 있는 모습이었다.

"이, 이게 도대체……."

담고성은 너무 놀라 뭐라 말을 잇지 못했다. 그리고 담기령의 온몸이 다시 한 번 검은 안개에 휩싸이더니, 이내 갑주와 기형도가 픽 꺼지듯 사라져 버렸다.

"허어……."

담고성과 담기명의 입에서 바람 빠지는 소리가 흘러나왔다. 담기령은 짧게 숨을 내쉰 후, 오른손을 먼저 들어 올리며 말했다.

"이건 루나라고 합니다."

"루나?"

담고성이 생전 처음 듣는 말에 고개를 갸웃거리자 담기령이 설명을 부연했다.

"이곳 말…… 우리 중원의 말로는 달이라는 뜻입니다. 푸른 도신의 칼이 루나입니다. 그리고 왼팔의 이것은 녹스, 우리 말로는 밤이라는 뜻입니다. 제가 잠시 입었던 갑옷이지요. 원할 때는 일부분만 소환할 수도 있습니다."

"이, 이게 그 칼과 갑주라고?"

"예, 그러니까…… 제가 서역 너머 법국에서 지내며 얻은 귀한 물건입니다. 평소에는 이렇게 팔에 착용하고 있다가, 제가 마음속으로 부르며 바로 반응하여 나타나는 물건이지요."

"그, 그렇구나."

사실은 케인 드레이크가 담기령에게 남긴 유산이었다. 하지만 그렇게 말할 수는 없으니 애둘러 말한 것이다.

이 물건들은 아페리온 대륙에서는 실용적인 이유나 과시용으로, 돈 많은 귀족들이나 아주 뛰어난 기사들이 사용하는 물건이었다. 간편하게 갑옷과 무기를 휴대하는 동시에 착용 또한 순식간에 이루어지는 실용성이 극대화된 마법 물품들이었다.

하지만 너무 난해한 과정을 거쳐야 하는 탓에 제작에 성공할 확률이 극도로 떨어지는 데다 그 주재료 또한 어마어마하게 비싼 탓에, 아주 돈이 많은 귀족들이 과시용으로 사용하거나 마스터 급의 기사들에게 하사품으로만 내려질 정도로 귀한 물건이었다.

이론적으로는 갑옷이나 칼에 다른 마법적인 효과를 부여하는 것도 가능하다고는 하는데 실제로 성공한 사례는 담기령이 알기로는 한 건도 없었다.

지금 가지고 있는 루나와 녹스 역시 좋은 금속으로 만든 훌륭한 칼과 갑옷이었지만, 바로 소환할 수 있다는 것 외에 다른 무언가가 더 있지는 않았다.

잠시 멍한 표정을 짓던 담기명이 더듬거리며 말했다.

"그러니까 이게 루, 루나? 녹……."

생소한 말이다 보니 아무래도 발음하기가 어려운 모습이었다. 담기령이 담기명의 말을 자르고, 담고성을 보며 말했다.

"편한하게 우리 말로 불러도 상관없습니다. 루나는, 푸른 도신의 칼이니 창월(蒼月), 녹스는 검은색의 갑옷이니 흑야(黑夜)라고 하지요."

"그래, 그러자꾸나. 아니, 지금 이름이 중요한 게 아니지. 음, 기령아."

"예, 아버지."

"아무래도 그 물건들을 불러내는 모습은, 앞으로는 다른 사람들 눈에는 안 띄도록 하는 것이 좋겠구나. 오해를 불러일으킬 여지가 있으니."

"예, 그러도록 하겠습니다."

"그리고 그 무공은……."

한 가지 의문을 푼 담고성이 다른 질문을 했다. 믿기 힘든 이야기였지만, 아들이 자신에게 거짓말을 하는 것 같지는 않았다. 그러니 이제는, 사술이나 마공이 아닐까 싶은 그 무공에 대한 궁금증만 풀면 되었다.

담기명 역시 그쪽이 더 궁금했는지 담기령을 재촉했다.

"아까 형님이 분명 무공이라고 말씀하셨었지요?"

천천히 고개를 끄덕인 담기령이 입을 열었다.

"팔황불괘공이라 합니다."

"팔황불괘공?"

담고성과 담기명이 동시에 그 이름을 되뇌었다. 광오한 그 이름에 놀라고, 생소한 이름에 고개를 갸웃거렸다.

그리고 담기령은 팔황불괘공에 대해 설명을 시작했다.

"우선 제가 가 있던 법국에서는, 갑옷을 이용한⋯⋯."

이어지는 담기령의 설명에 담고성과 담기명은 연신 마른침을 삼키며 귀를 기울였다. 세상에 그런 방식으로 공력을 이용할 수도 있다니. 놀라울 따름이었다. 한편으로는 고만고만한 세가 출신의 담기령이 넓은 세상으로 나가 그런 무공을 스스로 얻었다는 것이 자랑스럽기도 했다.

설명을 다 들은 담기명이 확인하듯 물었다.

"저, 정말 그런 것이 가능합니까?"

"물론이다. 조만간 시간이 날 때 너에게도 가르쳐 주마."

"저한테요?"

"물론, 이제 팔황불괘공도 우리 가전무공이 아니겠느냐?"

담기령이 당연하다는 듯 말했다. 할아버지도 아마 이것을 원하셨으리라.

"감사합니다, 형님."

담기명의 말에 담기령이 그럴 일이 아니라는 듯 고개를 저었다. 그리고 담고성 쪽으로 시선을 돌렸다.

"아버지."

아들의 부름에 멍하니 생각에 잠겨 있던 담고성이 저도 모르게 화들짝 놀라며 대답했다.

"응, 왜 부르느냐?"

"저쪽에 있는 동안, 가전무공을 제 나름대로 변형시켰습니다. 허락을 받아야 했지만……."

담고성이 휘휘 손을 저으며 말했다.

"아니다. 네가 그렇게 높은 성취를 이루었는데, 그게 뭐 대수겠느냐?"

가전무공이라고는 해도, 저 높은 곳에 있는 남궁세가니, 제갈세가니 하는 거대한 세가의 그것처럼 대단한 무공이 아니다. 그저 외적들로부터 제 한 몸 지키고, 건강하게 살게 해주는 수준이었다.

"허락해 주시니 감사합니다."

"허허, 그래."

담고성은 아들이 강해졌다는 사실보다는, 위험한 일에 발을 들인 것이 아니라는 것만으로도 마음이 편안해졌다.

"그럼 이제부터는 세가의 일을 논의해야 되지 않겠습니까?"

"일단은 척후가 돌아오면 그때 마저 이야기를 하자꾸나."

"예, 일단은 인질을 잡고 있으니 조금은 여유가 있을 겁니다."

"그렇겠구나. 너도 여러 사람 상대하느라 피곤할 테니 잠시 쉬도록 해라. 이 아비도 잠시 쉬어야겠구나."

너무 놀라운 이야기를 들은 탓에 잠시 혼자서 마음을 진

정시키고 싶었다.

"알겠습니다."

담기령과 담기명이 대답을 한 후, 담고성의 집무실을 나섰다.

5장
뜻밖의 인물

"특별히 할 일이 있느냐?"

담고성의 집무실을 나서자마자 묻는 말에 담기명이 멀뚱한 표정으로 답했다.

"예, 철혈대 오 대주를 만나러 가려던 참입니다."

"그건 조금 있다가 하고, 나하고 이야기 좀 하자꾸나."

"하지만 장원 밖에 적이 있을지도 모르는 상황에서……."

"인질도 있으니 당장 큰일이 생기지는 않을 것이다."

강경한 담기령의 태도에 담기명은 이해를 못하겠다는 표정을 지으면서도 고개를 끄덕였다.

"예, 그러시지요."

"그럼 일단 따라와라."

말이 끝나기가 무섭게 담기령이 걸음을 옮기며 지나가는

듯한 어투로 물었다.

"철혈대를 만들자는 건 누구의 의견이었느냐?"

"그건 아버지의 생각이었습니다."

"아버지?"

담기령이 이해할 수 없다는 목소리로 되물었다.

"예, 감천방 놈들의 행패가 심하니 우리도 전력을 좀 강화하는 것이 좋지 않겠냐고 하시더군요."

"그랬구나."

담기령은 고개를 끄덕이면서도 얼굴에 떠오른 의문을 지우지는 못했다. 만난지 겨우 며칠밖에 되지 않았지만, 힘들다고 하여 외부 사람을 안으로 받으실 분은 아니라 생각했었기 때문이다.

그런 담기령의 반응을 눈치챘는지, 담기명이 잠시 주저하며 설명을 덧붙였다.

"저기…… 어쩌면 제가 너무 약해서 그런 건지도 모르겠습니다."

"그게 무슨 뜻이냐?"

"저 혼자 밖으로 나갔다가 혹시 모를 사달이 날 수도 있다고 생각하셨던 것 같습니다. 그런 게 아니라면, 외당 소속도 아닌 소가주 직속의 별동대로 만들 이유가 없지 않겠습니까?"

"흐음."

담기령이 천천히 고개를 끄덕였다. 하지만 여전히 찜찜

한 기분이었다.

여전히 뭔가 이상하다는 반응을 보이는 담기령의 모습에 담기명이 궁금증을 참지 못하고 물었다.

"왜 그러십니까?"

"철혈대 놈들이 뭔가 이상하다 생각해 본 적이 없느냐?"

"이상하다니요?"

"아까 감천방 놈들이 올라왔을 때 말이다."

담기명으로서는 알 수 없는 이야기였다. 그들의 태도가 격식에 어긋나기는 했지만, 그렇다고 이상한 점은 없었다.

"감천방이요? 뭐가 이상했다는 건지요?"

"그들이 낭인 출신이기 때문이다."

"예?"

끝까지 뜻 모를 이야기다. 낭인 출신인 게 뭐가 이상하단 말인가.

"좀 건들거리는 정도는······."

담기명이 뭐라고 대신 변명을 하려 했지만, 담기령이 말 허리를 자르고 들어왔다.

"조설근의 배첩이 전해지기 전까지만 해도, 세가의 모든 사람들이 싸울 준비를 하고 있었다."

"철혈대도 마찬가지가 아니었습니까?"

"그놈들에게서 긴장감이 느껴지더냐?"

"예?"

"낭인들은 항상 칼날 위에 목숨을 얹어 놓고 사는 사람들이다. 싸움이 일어날 기미가 생기면 가장 먼저 반응하고, 가장 긴장할 수밖에 없는 사람들이지. 그런데 과연 그들의 태도가 그러했느냐?"

담기명은 바로 대답을 내놓을 수 없었다. 당시에 멀리서 올라오는 감천방도들에게 집중하고 있던 터라 확실하게 철혈대의 동태를 살피지 못했기 때문이었다. 하지만 한 가지는 분명했다. 그들에게서 긴장감을 읽을 수는 없었다.

담기령이 딱딱한 어조로 말을 이었다.

"방금 말했다시피 항상 싸움터를 전전하는 낭인이라면, 싸움이 일어날 기미가 있을 때 가장 먼저 반응을 보여야 하는 법이다. 물론, 우리 세가의 무인들이 워낙 훈련이 잘되어 있기에 그들의 반응이 늦었다고도 볼 수는 있다. 하지만 낭인들의 몸에 밴, 싸움에 대한 그들의 감각 또한 무시할 수 없다. 하지만 놈들은 어땠느냐?"

"가장 늦게 나왔습니다."

"그리고 과장스럽게 입방정을 떨기만 했지 제대로 싸울 준비는 하지 않았었다."

"예."

담기명이 무겁게 고개를 끄덕였다. 천천히 그때의 일을 돌이켜보니 철혈대의 행동은 뭔가 이해할 수 없는 부분이 있기는 했었다.

하지만 담기명은 여전히 이런 이야기를 꺼내는 의도를 파악할 수가 없었다. 철혈대가 미덥지 못하니 내보내야 한

다는 의미인지, 정신을 차리도록 훈계를 해야 한다는 의미
인지.

"어떻게 그럴 수 있었을까?"

담기령이 다른 질문을 던졌다. 담기령으로서는 여전히
의도를 파악하기 힘든 질문. 그리고 대답 또한 담기령의 입
에서 나왔다.

"싸움이 일어나지 않을 거라는 걸 미리 알고 있었다면?"

"네? 그게 무슨…… 설마!"

담기명도 그제야 담기령의 의도를 이해했다.

당시 장운담이 싸울 의도가 없다는 사실은, 그 자신과 감
천방도들만 알고 있었다. 그런데 감천방도, 철문방도 아닌
담씨세가의 철혈대가 그러한 사실을 알고 있었다는 말은 한
가지 가능성밖에 없었다.

"형님 말은 지금 철혈대가……."

"쉿!"

담기령이 재빨리 손을 들어 담기명의 입을 막았다. 그리
고 조심스레 주변을 살핀 후 나지막한 목소리로 말했다.

"아직 확신할 수 있는 일은 아니다. 하지만 내가 보기엔
그들의 그 태도가, 그들의 정체를 알려줄 방증이 아닐까 싶
다."

담기명이 불안한 눈초리로 고개를 끄덕이며 목소리를 죽
이며 말했다.

"그럼 어떻게 해야 합니까?"

"일단 가자."

"예."

담기명이 다시 한 번 주변을 살핀 후, 앞서 걷고 있는 담기령의 뒤를 따랐다.

담기령이 향한 곳은 장원의 정문이었다. 정문에 도착하니 율천향주 윤명산이 먼저 알아보고 다가왔다.

"나오셨습니까, 소가…… 아니, 대공자."

윤명산은 입에서 나오던 소가주라는 말을 얼버무리고 호칭을 바꿨다. 아직까지 공식적으로는 담기명이 소가주의 자리에 있기 때문이었다.

윤명산의 모습을 본 담기명이 괜찮다는 듯 고개를 주억거리며 말했다.

"이제부터는 형님이 소가주의 자리를 맡으실 테니 너무 신경 쓰지 마십시오."

"아, 예. 죄송합니다."

윤명산이 살짝 고개를 외로 꼬며 민망한 표정을 지었다. 하지만 담기령은 그런 일에는 신경을 쓰지 않는 듯 자신의 용건을 먼저 꺼냈다.

"장운담과 조설근을 어디에 가둬 놓았습니까?"

장원 안에 따로 만들어 놓은 뇌옥 같은 것은 없었다. 제법 규모가 있는 곳이라면 내부의 죄인을 다스리기 위해서라도 만들어 놓았을 시설이지만, 담씨세가는 그저 시골의 작은 장원일 뿐이었다.

"예전에 하인들의 숙소로 쓰던 방에 가둬 놓았습니다."

윤명산의 말에 대답한 사람은 담기명이었다.

"아, 어딘지 알겠습니다."

"율천향에서 네 명을 따로 뽑아 입구를 지키라고 명해 놓았습니다."

윤명산의 설명에 담기령이 다른 질문을 했다.

"아까 장운담 그자가 쓰던 장검은 어떻게 하셨습니까?"

"아무래도 예사 물건은 아닌 것 같아 가주님께 가져다 드리라고 했습니다."

"알겠습니다. 그리고 척후는 어찌 되었습니까?"

"외당 당주님이 척후를 이끌고 나가셨는데 아직 돌아오지 않았습니다."

이야기를 다 들은 담기령이 고개를 끄덕였다.

"알겠습니다. 하루이틀 사이에 일이 벌어지지는 않겠지만 그래도 방심할 수는 없는 상황입니다. 힘들더라도 외부 경계를 철저히 해주십시오."

"하하, 걱정 마십시오. 적어도 이틀은 잠을 자지 않아도 버틸 수 있도록 훈련시켜 놓았습니다."

"네, 알겠습니다. 그럼 계속 수고하십시오."

이야기를 마친 담기령이 장원 안쪽으로 들어가고, 담기명이 종종걸음으로 그 뒤를 쫓았다.

많은 일이 있었던 하루가 지나고 밤이 찾아왔다. 빠르게 흘러가는 구름이 달빛을 가려 사위가 깜깜하게 물들더니, 언제 그랬냐는 듯 금세 지나가고 어두운 땅 위에 뿌연 달빛이 내려앉았다.

"형님, 정말 그들이 올까요?"

담기명이 한껏 목소리를 죽인 채 물었다. 그리고 담기령 또한 숨죽인 목소리로 답했다.

"여기서 장운담이 죽는 순간, 제놈들 또한 무사하지 못할 거라는 걸 알 테니 분명 올 것이다."

"하지만……."

담기명이 여전히 미심쩍은 목소리로 뭐라 말을 하려다 이내 말끝을 흐렸다. 철혈대가 적들의 간자(間者)였다는 사실을 여전히 믿기가 힘든 탓이었다. 정황상으로는 충분히 가능성이 있지만 왠지 받아들여지지가 않았다.

지금 담기령과 담기명이 몸을 납작 엎드리고 있는 곳은, 장원에 있는 한 건물의 지붕이었다.

두 사람이 엎드린 채 내려다보고 있는 시선 끝에 또 하나의 건물이 있었는데, 입구에는 외당 무인 두 명이 뭔가를 지키듯 번을 서고 있었다. 장운담과 조설근이 갇혀 있는 건물이었다.

오늘밤 장운담을 구출해 내기 위해 철혈대가 움직일 거라 예상하고 그 현장을 잡기 위해 기다리고 있는 중이었다.

처음에는 철혈대를 먼저 치는 쪽으로 가닥을 잡았다. 하지만 한 번 더 고민을 하고 방향을 바꿨다.

가장 큰 이유는, 철문방의 움직임을 늦추기 위한 것이었다. 철문방 측에서도 낮에 갔던 장운담이 돌아오지 않는다는 사실에 뭔가 일이 잘못되었다는 것은 감지했을 터였다. 그런데도 아직까지 가만히 기다리고 있는 이유는, 담씨세가 내부에 심어놓은 철혈대를 믿고 있기 때문일 것이다.

그런데 괜히 드러내 놓고 철혈대를 쳤다가는 철문방에서 장운담을 구출하기 위해 움직일 가능성이 컸다.

담고성이 다른 지역의 세가에 연락을 보낸 상황이니, 아직은 모르는 척하는 것이 시간을 벌 수 있는 방법이었다.

그러니 일단은 확인한 후, 확실하다는 판단이 서면 다른 방법으로 그들을 처리해야겠다고 생각한 것이었다.

그렇게 꽤나 시간이 흘러 마음속에 조바심이 일어날 즈음이었다.

갑자기 담기명이 담기령의 옆구리를 쿡 찔렀다.

재빨리 고개를 돌리니, 담기명이 턱 끝으로 한쪽을 가리키고 있었다.

건물들의 그늘 사이로 움직이며 은밀하게 다가오는 그림자 하나가 보였다.

담기령의 얼굴에 뭔가 이상하다는 표정이 떠올랐다. 한꺼번에 온 것도 아니고 홀로 오다니 이해할 수 없는 상황이었다.

'일단은 상황을 살피러 온 것인가?'

그때 구름을 가리고 있던 달이 옅어졌다.

"흡!"

동시에 담기령과 담기명이 저도 모르게 헛바람을 들이켰다.

'저 사람이 왜?'

달빛에 드러난 은밀한 그림자의 정체는 다름 아닌 외당 당주 담유성이었다.

'이게 뭐지?'

갑작스러운 상황에 담기령은 반사적으로 몸이 굳는 것을 느꼈다. 머릿속에는 지금까지 생각했던 모든 것들이 헝클어졌다. 그만큼 담유성의 등장은 의외였다.

담기령은 잔뜩 소리를 죽인 채 급히 호흡을 골랐다. 머릿속에 떠오른 고민들 또한 대부분을 지웠다. 그리고 남은 것은 둘 중 하나의 판단.

'적인가, 아군인가?'

그 순간 옆에서 미세한 움직임이 느껴졌다. 담기령은 생각할 것도 없다는 듯 황급히 손을 뻗어 담기명의 입을 틀어막았다.

화등잔만 해진 담기명의 두 눈과 시선이 마주치고, 담기령은 눈동자를 좌우로 흔들었다.

그제야 담기명도 자신의 실수를 깨달았는지 잔뜩 소리를 죽인 채 힘겹게 침을 한 번 삼켰다.

'그러고 보니!'

갑자기 머릿속에 번뜩하고 무언가가 스쳤다. 하지만 담

기령은 와락 인상을 구겼다. 피아를 구분할 수 있는 단서는 아닌 탓이다.

그러는 동안에도 담유성은 착실하게 거리를 좁혀가고 있었다. 시간이 너무 촉박했다. 고민보다는 행동을 해야 할 때.

탁!

가벼운 소음과 동시에 담기령의 신형이, 지붕에서 담유성이 있는 곳 사이의 가장 짧은 직선을 그렸다.

갑자기 귓바퀴를 훑고 지나가는 소음에 담유성이 멈칫하며 고개를 돌리는 찰나.

빠악!

뭔가 무시무시한 타격음과 동시에 담유성의 신형이 그대로 고꾸라졌다.

"누구냐!"

한밤중에 갑자기 울린 소리에, 입구를 지키던 외당 무인이 재빨리 모퉁이를 돌았다. 하지만 그는 아무것도 볼 수가 없었다.

"형님!"

담기명은 꾹꾹 눌러놓았던 외침을, 담기령의 방에 들어선 후에야 뱉을 수 있었다. 하지만 다른 말이 나오지가 않았다. 너무 황당한 광경을 눈으로 보았으니 당연한 반응이다.

그 자리에 담유성이 나타난 것만으로도 기겁할 일이었다. 그런데 담기령이 뛰쳐나가 창월의 칼등으로 담유성의 뒤통수를 후려쳐 기절시키는 광경을 보았으니 기절할 만큼 놀랄 수밖에 없었다.

하지만 담기령은 묵묵부답 자신의 일에만 집중했다. 우선은 담유성의 마혈을 점혈하고, 손발을 포박한 후, 눈을 가리고 재갈까지 물렸다.

참다못한 담기명이 부아가 치민 목소리로 다시 물었다.

"도대체 뭐하시는 겁니까?"

담기령은 그제야 담기명의 말에 반응을 보였다. 하지만 담기령의 물음에 대한 답이 아닌 또 다른 질문이었다.

"세력을 이끌어야 할 수장이 절대 하지 말아야 할 게 무엇인지 아느냐?"

"예?"

담기명이 이건 또 무슨 뜬금없는 소리인가 싶은 표정으로 반문했다. 그리고 담기령이 자신의 물음에 스스로 답을 내놓았다.

"바로 '설마' 하는 너그러운 생각이다."

담기령은, 의심스러운 상황을 보고도 설마 그럴 리가 없을 거라는 생각을 하는 것만큼 미련한 짓은 없다고 배웠다.

담기명도 이번에는 이해를 했다는 듯 기가 막히다는 표정으로 물었다.

"그러니까 당숙께서 배신자라는 말입니까?"

"아닐 수도 있다."

"그런데 이렇게 다짜고짜 기절시키고 묶어 놓는단 말입니까? 일단은 앞뒤를 확인했어야지요."

"이 일이 실수라면 나 혼자 사과를 하고 죄를 물은 후, 벌을 청하면 될 일이다. 하지만 안일한 마음으로 깊이 생각하지 않을 경우, 세가 전체가 위험해질 수도 있다. 너는 어떤 쪽을 택하겠느냐?"

"그건⋯⋯."

담기명은 대답하지 못했다. 이런 상황에 대해서는 배운 적도 없고, 상상해 본 일도 없기 때문이었다.

"마, 만약 당숙께서 벌을 받는 정도로는 넘어갈 수 없다고 하시면요?"

"그럼 당숙께서 세가를 떠나셔야지."

"헉!"

"세가를 위해서 한 일이다. 당신께서 의심을 받은 것에 대해 기분이 상할 수도 있고, 나에게 마음이 풀리지 않을 수도 있다. 하지만 스스로 의심받을 만한 상황을 만들었으니 그것은 본인의 책임이고, 그럼에도 마음이 풀리지 않는다는 것은 외당 당주라는 중책을 맡을 자격이 없는 것이다. 세가의 안위보다 자신의 자존심을 더 중시한다는 반증이 아니더냐?"

"그, 그렇기는 합니다만⋯⋯."

묘하게 설득력이 있으면서도 마냥 고개를 끄덕이기가 힘

든 말이었다.

하지만 담기령은 그것에 대한 논쟁을 더 이상 이을 생각
이 없었다.

"그런데 내가 세가의 서고에서 읽은 기록을 보니, 명확
하지 않은 일들이 있던데 그에 대해 아는 것이 있느냐?"

"명확하지 않은 일이라니요?"

"당숙께서 외당 무인 다섯을 데리고 오산(吳山)에 가셨
다가, 심하게 다친 후 혼자 돌아왔다는 기록이 있더구나."

아까 담유성을 보았을 때 머릿속에 떠올랐던 내용이었다.

담기명이 잠시 기억을 더듬은 후 대답했다.

"예, 그런 일이 있었습니다. 산적 무리를 만나 싸우던
중에, 함께 갔던 무인들은 숨을 거두었고 당숙 혼자만 겨우
목숨을 건졌다고 했습니다. 그 내용도 기록되어 있었을 텐
데요?"

담기령이 고개를 끄덕이며 질문을 이었다.

"그래, 그것까지는 나도 봤다. 그런데 왜 갑자기 오산으
로 들어가셨던 것이냐?"

"제 기억으로는, 오산 아래에 있는 하곡촌에서 이야기가
있었습니다."

"무슨 이야기?"

"수상해 보이는 사내들 열 명 정도가 오산으로 올라가는
것을 보았다고요. 그런데 얼마 안 있어 마을 약초꾼이 오산
으로 올라갔다가 돌아오지 않았다고 했습니다."

"음……. 그래서 우리 세가에 조사를 해달라고 부탁을 했었단 말이냐?"

"예."

담기령은 다시 생각에 잠겼다. 외당 무인들을 이끌고 오산으로 오른 데까지는 특별히 이상한 점이 없었다. 하지만 그 다음이 문제였다.

"무엇 때문에 그러십니까?"

담기명이 궁금증을 참지 못하고 재차 물었다.

"감천방이 여기 용천현에 들어온 것이, 당숙께서 오산에서 내려온 지 열흘 후의 일이다. 그리고 철혈대가 만들어진 것은 감천방이 나타난 후로부터 다시 열흘 후의 일이다."

담기명은 불안한 표정으로 고개를 끄덕이며 담기령의 설명에 귀를 기울였다.

"만약 당숙 또한 가문을 배반한 것이라면, 상황이 너무 잘 맞아떨어지지 않느냐?"

"형님은 지금 답을 내려놓고 상황을 끼워 맞추고 계신 겁니다. 그리고 철혈대는 아버지가 만드시지 않았습니까? 그렇게 생각하려면 아버지까지도 의심해야 하는데, 그게 말이 된단 말입니까?"

"그래서 지금 확인하러 갈 생각이다."

"예?"

담기명의 기겁하며 물었다. 지금 누구에게 뭘 확인하러 간다는 말인가.

하지만 담기령은 이미 방문 쪽으로 성큼성큼 걷고 있었다.

"형님!"

담기명이 황급히 담기령의 뒤를 쫓았다.

"아버지, 소자 기령입니다."

잠결에 들리는 소리에 담고성은 꿈이라 생각했다. 오 년만에 큰아들이 집에 돌아왔는데, 갑자기 큰일이 들이닥쳐 이런 꿈을 꾸나보다 했다.

"아버지, 여쭙고 싶은 것이 있습니다."

하지만 다시 들리는 소리에 그제야 꿈이 아니라 현실이라는 것을 알았다.

"무슨 일이냐?"

담고성이 벌떡 일어나며 외쳤다. 이 깊은 밤중에 철문방이 뭔가 수상한 움직임이라도 보이는 게 아닌가 싶어 심장이 철렁 내려앉는 기분이었다.

"아버지께 여쭤볼 일이 있습니다."

아까 들었던 것과 똑같은 말. 담고성은 그제야 안도의 한숨을 내쉬었다. 이 한밤중에 무슨 급한 물음이 있기에 이리 찾아왔나 싶어 짜증이 날 법도 했지만, 철문방의 일이 아니라는 데 일단은 마음이 놓였다.

"들어오너라."

담고성이 대답을 하며 방 안의 등잔에 불을 붙였다. 그사이 담기령이 방 안으로 들어오고, 담기명이 그 뒤를 따라 들어왔다.

"단잠을 방해해 죄송합니다만, 밤사이에 꼭 마무리해야 할 일이 있어 찾아뵈었습니다."

담기령의 말에 담고성이 손을 휘휘 저으며 말했다.

"아니다, 괜찮다. 그래 뭘 물어보고 싶다는 게냐?"

"철혈대 때문입니다."

"철혈대?"

"예, 아버지께서 철혈대를 만들었다고 들었는데…… 그 과정이 궁금해서요."

담고성의 얼굴에 당혹감이 떠올랐다. 한밤중에 잠을 깨우더니 물어본다는 게 뜬금없는 철혈대 이야기니 당연한 반응이었다.

하지만 한편으로는 살짝 고민이 되기도 했다. 낮에 본 큰아들의 상황을 읽는 눈은 보통이 아니었다. 그러니 이유 없이 이리 물어보지는 않을 터.

잠시 고민하던 담고성이 슬쩍 담기명을 한 번 본 후, 조심스레 답을 했다.

"실은 너희들 숙부가 나에게 건의했던 일이다."

대답과 동시에 담기령이 그럴 줄 알았다는 듯 고개를 끄덕였다. 그리고 담기명은 낯빛이 새파랗게 변한 채로 물었다.

"정말입니까, 아버지?"

담고성은 안색이 좋지 않은 작은아들을 걱정스러운 표정으로 바라보며 고개를 끄덕였다.

"네 무공이 좀 떨어지는 편이니 너의 호위대 겸해서 따로 별동대를 만드는 게 어떠냐고 하더구나. 하지만 자기가 그런 말을 했다고 하면, 소가주인 네 자존심이 상할 수도 있으니 자신이 말했다는 건 비밀로 해달라고 했었지."

담고성의 설명이 끝나고 세 사람은 각자의 생각에 빠져들었다. 방 안에는 묘한 정적이 흘렀다.

먼저 침묵을 깬 사람은 담고성이었다.

"자, 이제 왜 그러는지 말해보아라."

담기명이 두 눈을 질끈 감으며 암담한 표정을 지었다. 하지만 담기령은 거침없이 입을 열었다.

"제 생각에 철혈대는 철문방의 간자입니다."

"크흠!"

담고성은 딱딱하게 굳은 얼굴로 침음성을 삼켰다. 한밤중에 찾아올 정도의 일이니 뭔가 심각한 이야기일 거라는 예상은 했지만, 막상 듣고 보니 보통 큰일이 아니다.

그러다 갑자기 뭔가에 생각이 미친 듯 의구심 어린 표정으로 물었다.

"혹시 유성이가 연루되었느냐?"

"아무래도 의심스러운 부분이 있습니다. 방금까지……."

담기령이 조심스러운 표정으로 차근차근 방금까지 있었던 일을 설명했다.

담기령의 설명이 끝난 후 방 안에는 다시 무거운 정적이 맴돌았다. 담고성은 짙게 그늘진 얼굴로 고민에 잠겼고, 담기명은 그런 부친의 모습에 걱정스러운 얼굴로 침묵에 잠겼다.

　하지만 담기령의 얼굴은 평온하기 짝이 없었다. 할 수 있는 일을 했고, 확인할 것을 알아보았고, 해야 할 말을 했다. 그러니 그 다음은 가주인 부친이 결정을 내리는 것. 그러니 조용히 담고성의 말을 기다릴 뿐이었다.

　담고성이 잔뜩 잠긴 목소리로 입을 연 것은, 이각 정도 시간이 흐른 후였다.

　"네가 한 말에 대해 책임을 질 수 있겠느냐?"

　담기령은 일말의 망설임도 없이 고개를 끄덕였다.

　"예, 제가 감당해야 할 부분에 대해서는 반드시 책임을 지겠습니다."

　"그럼 되었다. 가보자꾸나."

　말을 마친 담고성이 몸을 일으켜 걸음을 옮겼다. 다리가 천근만근은 된 듯 무거웠지만, 담고성은 애써 똑바로 걸으려 애를 썼다. 어쨌든 자신은 담씨세가의 가주였고, 뒤따르는 두 아들의 아비였다.

　충격적인 일에 약한 모습을 보일 수는 없는 법. 담고성은 굳은 표정을 지으며 애써 허리를 폈다.

❖❖❖

"제가 이야기해도 되겠습니까?"

우두커니 서 있던 담고성이 아들의 말에 천천히 고개를 돌렸다.

담고성이 담기령의 방으로 들어서자마자 본 것은, 기둥에 묶여 있는 담유성의 모습이었다. 재갈을 물리고 눈까지 가려져 있는 사촌 동생의 모습을 보니, 차마 직접 심문할 자신이 없어 주저하던 참이었다.

"그러도록 해라."

담고성이 뒤로 물러나고, 담기령이 앞으로 나섰다. 담유성의 눈을 가리고 있던 천을 풀어주니, 이미 정신을 차린 듯 눈동자를 들어 담기령을 쳐다보고 있었다.

담기령은, 담유성의 두 눈에 담긴 노기를 읽어냈지만 아무렇지도 않은 표정으로 계속 손을 움직였다. 그리고 입에 물리고 있던 재갈이 풀렸다.

"네 이놈, 이게 뭐하는 짓이냐!"

기다렸다는 듯 호통이 터져 나왔다. 그리고 곧장 담기령의 뒤쪽에 있는 담고성을 향해 버럭 소리를 질렀다.

"형님, 이게 도대체 무슨 일입니까? 저놈이 왜 저를 이런 식으로 대한단 말입니까!"

소리를 지르는 담유성과 달리, 대답하는 담고성의 목소리는 착잡하게 가라앉아 있었다.

"일단은 기령이와 이야기를 해보아라. 그런 후에 기령이

가 책임져야 할 것이 있다면, 내 세가의 가주로서 반드시 그리하겠다.”

“좋습니다. 우선 포박을 풀고, 점혈을 풀어주십시오. 이렇게 죄인 취급당하는 것은 참을 수 없습니다!”

대답은 담기령의 입에서 나왔다.

“그럴 수는 없습니다, 숙부님.”

“네 이놈! 감히 집안의 어른에게 이 무슨 패악한 짓이란 말이냐!”

“저에게 실수가 있다면 그에 합당한 벌을 받겠습니다. 그러니 우선은 저와 이야기를 하시지요.”

조금의 흔들림도 없이 자신의 두 눈을 직시하는 담기령의 시선에 담유성은 더 이상 소리를 지르지 않았다. 한껏 눈동자를 치켜들어 담기령을 노려보더니, 이를 악문 채 말했다.

“네가 그 말에 대한 책임을 질 수 있기를 바란다.”

“걱정 마십시오. 세가의 가주께서 그러겠노라 약조를 하시지 않았습니까?”

“좋다.”

담기령과 담유성이 동시에 고개를 끄덕였다. 그리고 담기령이 준비하고 있던 질문을 꺼냈다.

“오산에 있는 게 무엇입니까?”

순간 담유성의 두 눈이 화등잔만 하게 커졌다. 그리고 담기령의 얼굴에는 확신이 떠올랐다.

지금처럼 심문자와 심문을 당하는 자 사이의 관계가 애매할 때 필요한 것은 핵심을 찌르는 질문이다. 담기령은 그 핵심을 정확하게 짚어낸 것이다.

전혀 예상지 못했던 질문에 담유성이 마른침을 꿀꺽 삼키며 억지로 입을 벌렸다.

"무, 무슨 말이냐?"

하지만 말을 더듬는 순간 담유성은 이 싸움에서 진 것이나 마찬가지였다.

"오, 오산이 뭐 어쨌, 어쨌다는 말이냐?"

담기령이 쐐기를 박았다.

"오채군이, 자신이 철문방의 간자라는 사실을 실토했습니다. 철혈대 역시 모두 가둬 놓았습니다."

물론 거짓말이다. 하지만 이곳에 있는 담유성의 유일한 구명줄이 바로 철혈대였다. 그러니 그 희망을 없애야 했다.

"뭐, 뭣이?"

담유성의 두 눈이 절망으로 물들었다.

"제가 한 가지는 확답을 드리지요. 계속 발뺌을 한다면 가주께서 아무런 자비도 베풀지 않으실 겁니다."

담유성이 힘없이 눈동자를 들어 담기령의 뒤쪽을 쳐다보았다. 경악에 찬 표정으로 자신을 보는 담고성과 담기명의 모습이 눈에 들어왔다.

한참 동안 이를 악문 채 담고성을 쳐다보던 담유성이 힘겹게 입을 열었.

"죽여주십시오, 형님."

하지만 담고성은 바로 대답하지 못했다. 그가 받은 충격 또한 만만치 않은 탓이다. 이미 힘이 풀려 버린 몸을 억지로 바로 세우고 있는 참이었다.

"어, 어째서 그런 짓을 했느냐?"

뭔가 사정이 있었던 것은 아닐까 하는 생각에 담고성이 물었지만, 두 사람 사이로 담기령이 끼어들었다.

"사정은 나중에 듣겠습니다. 일단은 사실을 말씀하십시오."

그것이 가장 시급한 일이었다. 괜히 사적인 이야기가 나왔다가는 주객이 전도될 수도 있었다.

"그것이……."

담유성이 힘없는 목소리로 더듬거리며 놀라운 이야기를 풀어놓았다.

6장
외적을 맞이하기 전

"이거 아무래도 이상하지 않소?"

철혈대 무인 중 한 명인 종사운의 말에 오채군이 창 쪽으로 시선을 옮겼다. 벌써 여명이 지나가고 환할 정도로 날이 밝아오고 있었다.

대답이 없는 오채군의 모습에 종사운이 답답하다는 듯 재차 물었다.

"언제까지 가만히 그놈만 믿고 있을 거요? 그 멍청한 외당 당주가 실수라도 하는 날에는 우리는 꼼짝없이 여기 갇히게 되는 거란 말이오."

지난 밤, 외당 당주 담유성이 철혈대의 숙소를 찾아왔었다. 그리고 잡혀 있는 장운담은 자신이 구출할 테니, 때가될 때까지 조용히 기다리라는 말을 했었다.

그런데 날이 밝아오도록 아무런 소식이 없으니 종사운으로서는 불안할 수밖에. 종사운만이 아니라 함께 모여 있는 철혈대의 다른 이들 역시 얼굴이 편치가 않았다.

"기다리게. 뭘 그리 걱정하는 겐가? 우리가 한꺼번에 움직이면, 이 세가에서 누가 막을 수 있단 말인가?"

"그렇기야 하지만, 재수 없으면 비명횡사할 수도 있는 거 아니겠소?"

"어허, 걱정 말게. 내 알아서 할 테니."

그때였다.

땡땡땡땡!

갑자기 세가 곳곳에서 경종 소리가 울려 퍼지고, 밖에서는 소란스러운 외침이 들려왔다.

"저쪽이다!"

"잡아라!"

동시에 오채군과 종사운을 포함한 철혈대 무인들의 얼굴이 딱딱하게 굳었다.

"젠장, 역시 우리가 해결했어야 하는데!"

종사운이 짜증스러운 얼굴로 버럭 소리를 지르는 순간, 갑자기 밖에서 누군가의 목소리가 들렸다.

"오 대주! 안에 있소이까!"

종사운이 황급히 제 입을 막고 철혈대 무인들 역시 동시에 숨을 죽였다.

대부분이 용천현에 연고가 있는 외당과 달리, 철혈대는

모두가 외부에서 온 이들이었다. 그런 이유로 장원 안의 전각 하나를 통째로 비워 철혈대가 사용하고 있었다. 각각 개인의 방과 회의를 할 수 있는 방까지 딸린 건물이었는데, 지금 철혈대 무인들이 모여 있는 곳이 그 회의실이었다.

"철혈대주, 얼른 나와보시오!"

오채군이 종사운과 잠시 시선을 교환하더니 희미하게 고개를 끄덕이고는 몸을 일으켰다.

그리고 재빨리 복도를 달리는 동안, 방금 잠에서 깼다는 듯 머리를 헝클어트리고 옷매무새를 흐트러트렸다.

"누구시오?"

문을 열기 전 외친 말에 문 밖에서 대답이 들렸다.

"얼마 전 세가로 돌아온 첫째 담기령이오!"

오채군의 얼굴에 긴장감이 감돌았다. 세가의 첫째라면, 어제 장운담을 사로잡은 자가 아니던가. 직접 그 광경을 보지는 못했지만, 장운담의 실력이 자신과 엇비슷했던 것을 감안하면 꽤 뛰어난 실력을 가지고 있다는 뜻이었다.

그렇다고 시간을 끌 수는 없는 법. 오채군은 등쪽의 허리춤에 꽂아 놓은 비도 두 개를 확인한 후, 급히 철혈각이라 이름 붙여진 전각의 문을 열었다.

"장원에 무슨 일이 일어났소이까? 이 경종은 뭐고, 저 소란은 또 뭐란 말이오?"

"세가에 배신자가 있었소이다."

"배신자?"

놀란 척 말을 받는 오채군의 손이 슬그머니 등쪽으로 돌아갔다.

"부끄러운 이야기지만, 외당 당주였던 당숙이 가문의 배신자였소. 헌데 벌써 장원 뒤쪽의 산으로 달아난 후라 당장 쫓아가야 한다오. 그러니 철혈대가 나서야겠소."

"외당 당주님이?"

오채군이 한층 더 놀란 표정을 지으며 뒤로 돌렸던 손을 다시 앞으로 가져왔다. 아무대로 자신들의 정체는 들키지 않는 것 같았다.

하지만 그런 안도감 때문에 담기령의 두 눈이 순간적으로 자신의 얼굴을 훑고 있는 사실을 눈치채지 못했다.

'다행히 속아주는군.'

훌륭한 거짓말에는 어느 정도의 진실이 섞여야 하는 법이었다. 언제 본심을 드러낼지 모르는 철혈대를 처리하기 위해 지어낸 거짓말이었는데, 다행히 오채군이 속아 넘어가 준 것이었다.

"우리가 그래도 괜찮겠소? 아무리 그래도 가주님의 핏줄인데 말이오."

"그러니 철혈대에 맡기는 것이오. 외당 무인들은 아무래도 옛정이 있는 탓에 껄끄러워하는 마음이 있어서 말이오."

"하긴, 그런 문제도 있겠구먼. 알겠소이다. 당장 준비할 테니 잠시 기다리시오!"

대답과 동시에 오채군이 전각 안으로 뛰어들어 갔다.

"무슨 일이오?"

다급한 종사운의 물음에 오채군이 자신의 무기를 챙기며 대답했다.

"멍청한 외당 당주가 걸린 모양일세."

"젠장!"

"하지만 다행히 우리의 정체는 아직 모르는 모양이야. 우리더러 외당 당주를 추적해 달라는 걸 보니."

"그 요구대로 할 생각이오?"

"그래야 되지 않겠나?"

오채군의 서두르는 모습에 빠르게 대화가 오갔다. 종사운이 불안한 표정으로 말했다.

"이참에 빠져나가는 것이 좋지 않겠소?"

"아직 장운담이 이 장원에 갇혀 있네. 기회를 봐서 장운담을 빼내는 것이 우리에게 더 득이 되지 않겠나?"

철혈대의 정체는, 정확하게는 철문방에 고용된 낭인 집단이었다. 본래는 절검단이라는 이름을 가지고 있었는데, 철문방에 고용되어 담씨세가에 자리를 잡은 것이었다.

그러니 장운담의 구출 역시 그들에게는 돈벌이 수단이 되는 셈이었다.

오채군의 말에 잠시 계산을 한 종사운의 얼굴에 웃음이 떠올랐다. 철문방의 소방주를 구출한 값이라면 꽤나 크게 한몫 건질 수 있으리라.

"좋소이다. 그럼 일단은 멍청한 외당 당주부터 처리합시다. 놈이 세가 쪽에 잡혔다가 주둥이를 잘못 놀리면 엿 같은 경우가 될 수 있소."

"그러니 서두르게. 시간을 지체하면 외당 당주가 철문방 본대에 합류할 수도 있으니 그전에 잡아야 해. 그나마 뒷산 쪽은 꽤 멀리 떨어져 있으니 지금 쫓으면 잡을 수 있을 걸세."

오채군이 말이 끝나기가 무섭게 밖으로 향했다.

'역시 뭔가를 기다리고 있기는 했던 모양이군.'

담기령은 날카로운 시선으로 철혈대 무인들의 면면을 살폈다. 오채군이 안으로 뛰어들어 간 지 촌각이 조금 지났을 뿐인데도, 모두들 단단히 준비를 하고 밖으로 나왔다. 며칠 간 보았던 이들의 평소 태도로는 있을 수 없는 일이었다. 각각의 무공은 외당 무인들에 비해 높았지만, 일사불란하고 신속한 행동은 무공과는 별개의 문제이기 때문이다.

담기령은 이곳으로 오기 전에 했던 준비 상황을 머릿속으로 되새긴 후, 급한 목소리로 외쳤다.

"어서 갑시다!"

담기령이 앞서고, 철혈대가 그 뒤를 따랐다. 담기령은 장원의 후원을 가로질러 곧장 후문을 통과했다. 그리고 지체 없이 후문에서 뒷산으로 이어지는 길을 따라 달렸다.

그런데 비탈이 시작되는 기슭에 도착하자 급히 걸음을 멈췄다. 그리고 갑자기 철혈대 무인들 사이로 걸어 들어갔다.

갑작스러운 담기령의 행동에 오채군이 물었다.

"왜 그러시오, 소가주?"

"내가 추적에는 별다른 조예가 없소이다. 오 대주가 아무래도 그런 쪽으로 경험이 많으실 테니 부탁을 드리오."

"그렇군요. 알겠소이다."

"어서 서두르시오. 시간이 없소!"

담기령의 재촉에 오채군이 급히 정면을 살폈다. 하지만 그런 행동과는 달리 오채군의 얼굴에는 비릿한 미소가 떠올라 있었다.

'생각보다 담이 작은 놈이군. 추적은 무슨 얼어 죽을!'

누군가 다급하게 뒷산으로 뛰어 올라간 흔적이 훤히 눈에 들어온 탓이다. 따로 추적 기술이 필요한 상황이 아니라는 말이다.

그런데 추적이 어쩌고 핑계를 대고는 굳이 철혈대의 틈으로 파고든 것은 한 가지 이유밖에 없었다. 담유성의 혹시 모를 반격을 겁내고 있는 것이다. 말을 할 때 눈동자가 불안하게 흔들리는 것을 보니 분명했다.

'장운담을 잡았다고 하더니, 세가 놈들의 허풍이었군!'

직접 본 것이 아니라 알 수는 없었지만, 뭔가 함정 같은 것이 있었으리라. 그렇지 않고서야 저런 겁쟁이가 장운담을 사로잡을 수 있었을 리가 없다.

'뭐, 새로 소가주가 된 놈이 우리한테 의지를 많이 하면

그것도 좋은 일이지.'

오채군의 머릿속에는, 지난밤 담유성이 담기령을 조심하라고 했던 말 따위는 더 이상 남아 있지 않았다.

그때 담기령이 짜증이 살짝 섞인 목소리로 외쳤다.

"뭘 하시오. 좀 서둘러 주시오!"

오채군 역시 반사적으로 신경질적인 표정을 지었다. 저가 할 것도 아니면서 꼭 저렇게 남에게 재촉하고 성질을 내는 놈이 있었다. 하지만 지금은 그걸 따질 때가 아니었다.

"잘 따라오시오!"

오채군이 잔뜩 비꼬는 듯한 말투로 외치며 급히 산을 올랐다.

"부탁하오."

비아냥거리는 듯한 자신의 말투에도 별다른 반응을 보이지 않는 담기령의 태도에 오채군의 입가에 떠오른 비틀린 미소가 한층 짙어졌다.

오채군은 주변을 한 번 슥 훑은 후 산길을 따라 오르기 시작했다.

담유성은 확실히 도망자로서는 실격이었다. 흔적이 너무 적나라한 탓에, 추적에 혼란을 주려고 만들어 놓은 게 아닌가 싶을 정도였다. 하지만 그렇다고 생각하기에는 흔적이 너무 길게 가 있었다.

처음에는 길을 따라 이어지던 흔적이 방향을 바꿔, 길이 없는 산비탈을 따라 올라가기 시작했다. 오채군은 지체 없이 비탈을 타고 올랐다.

"여기서 잠시 쉬었던 모양이오."

길도 없는 산비탈을 오르던 오채군이 발을 멈추며 말했다. 비탈의 경사가 완만해지고, 나무들이 거의 없는 작은 공터였다.

하지만 말을 한 대상인 담기령의 대답이 돌아오지 않았다. 오채군이 이상하다 생각하며 뒤를 돌아보고, 함께 올라왔던 철혈대 무인들 역시 자신들 틈에 서 있는 담기령에게 시선을 모았다.

그 순간, 철혈대는 뭔가 이상한 것을 보았다.

"헉!"

약속이라도 한 듯 모두의 입에서 헛바람이 새어 나왔다. 담기령의 온몸이 갑자기 시커먼 안개에 휩싸인 탓이다. 게다가 손에서는 길쭉한 빛무리가 불쑥 솟구친다. 흑야, 그리고 창월의 소환이었다.

귀신에 홀리기라도 한 듯, 말도 안 되는 상황에 모두들 두 눈을 화등잔만 하게 뜨고 있는 찰나.

쉐엑!

날카로운 한 줄기 파공성이 숲속의 서늘한 공기를 찢어 발겼다.

"조심……."

"끄억!"

오채군의 경고는, 거의 동시에 울려 퍼진 신음 사이에 묻혔다. 한두 명이 아니다. 무려 열 명에 가까운 철혈대 무인들이 짧은 신음과 함께 털썩털썩 무너져 내린다. 쓰러진 이들의 몸에는 하나같이 화살들이 두세 개씩 깊이 박혀 있다.

놀랄 일은 그뿐이 아니었다.

후우웅!

뒤이어 터져 나오는 묵직한 파공성. 소리의 진원지는, 다름 아닌 철혈대 무인들이 서 있는 한가운데, 바로 담기령이었다.

"함정이다!"

오채군의 반응이 가장 빨랐다. 하지만 그 역시 이미 늦은 반응.

"크어억!"

붉은 핏줄기가 사방으로 솟구쳤다. 철혈대 세 사람이 비명과 함께 쓰러졌다. 그리고 두 번째로 날아든 화살에 다시 두 사람이 무너져 내렸다.

"이놈!"

오채군이 버럭 소리를 지르며 담기령을 노려보다 흠칫하며 급히 발을 멈췄다. 동시에 담기령의 주변에 있던 철혈대를 향해 버럭 소리를 질렀다.

"물러서라!"

담기령의 온몸이 시커먼 갑주로 싸여 있고, 그의 손에 푸른 도신의 기형도가 들려 있는 것을 본 탓이었다.

'언제 저런 걸 입었단 말인가. 아니 그보다는 분명 아무

것도 없는 맨몸으로 올라왔는데!'

머릿속에 반사적으로 조금 전의 광경이 떠올랐다. 담기령의 온몸이 검은 안개로 휩싸이고, 손에서 푸른 빛줄기가 솟구쳤던 그 모습.

'이건 너무하지 않은가!'

아무리 무림에 기사(奇事)가 많다 해도, 이런 건 듣도 보도 못한 일이다.

하지만 한 가지는 확실했다.

'위험!'

이십 년 가까이 칼밥을 먹고 살아온 오채군이었다. 그런 낭인의 감각이 머릿속에서 거센 경종을 울리고 있는 탓이었다.

슉, 슈욱!

그러는 사이에도 화살은 정확한 간격을 두고 끝없이 날아들었다. 소나기처럼 정신없이 퍼붓는 것은 아니었지만, 쉴 틈을 줄 정도로 느긋하지도 않다.

남아 있는 철혈대는 오채군을 포함해 겨우 다섯.

"화살을 막아!"

오채군이 앞으로 나서며 외쳤다. 그 말에 종사운과 나머지 네 사람이 재빨리 서로의 간격을 벌리며 바깥쪽으로 몸을 돌렸다.

오채군의 짧은 외침 속에는, 자신이 담기령을 상대하는 사이 나머지는 화살이 들이치는 것을 막으라는 의미가 담겨 있었고, 네 사람은 그것을 알아들은 것이다.

철혈대가 담씨세가의 외당 무인들만큼 잘 훈련된 병사들은 아니었지만, 그들은 그들 나름대로 지금까지 함께해 온 자신들만의 호흡이 있었기에 가능한 움직임.

"죽여주마!"

오채군이 버럭 소리를 지르며 득달같이 달려들었다. 큰 몸짓에 걸맞은 강맹한 검격이 바람을 갈랐다.

담기령은 칼 손잡이를 단단히 잡은 채 오채군을 살폈다.

'장운담보다는 확실히 뛰어나다.'

짐짓 과격한 몸짓으로 검을 찌르고 있었지만, 보폭은 좁고 두 눈은 차갑게 가라앉아 있었다.

직감에 의지해 위험하다는 판단을 내리고 신중하게 공격하면서도, 일부러 움직임을 크게 만들어 적의 방심을 유도하려는 시도까지 담겨 있는 한 수였다.

그만큼 경험이 많고 노련하다는 뜻.

"후읍!"

담기령이 재빨리 호흡을 끊으며 오른발을 앞으로 내밀었다. 미끄러지듯 몸을 낮추고 아래에서 위를 향해 쓸어 올리듯 사선으로 긋는 강렬한 도격.

쑤아아앙!

칼날에 앞선 묵직한 바람이 오채군을 휘감았다. 심상치 않을 때는 뒤로 빠지는 것이 상책.

오채군이 황급히 상체를 뒤로 젖히며 칼바람의 뒤를 따

라 솟구치는 도격을 맞이했다.

까아앙!

거센 쇳소리가 숲 곳곳으로 메아리쳤다.

오채군은 정신없이 뒷걸음질 치며 온몸을 뒤흔드는 충격을 해소하려 했고, 담기령은 지체 없이 그 뒤를 쫓아 들어 갔다.

오채군의 얼굴에 다급한 표정이 떠올랐다. 이렇게 저돌적으로 치고 들어오는 성향의 적에게는, 한 번 밀리기 시작하면 끝 간 데 없이 밀린다는 것은 이미 여러 번 겪어 본 일.

'시작되기 전에 막는다!'

오채군의 경험상, 이렇게 저돌적인 성향을 가진 자들은 대체로 공격에는 능하지만 방어에는 취약한 편이었다. 그것을 노려야 했다.

황급히 중심을 비틀며 그대로 바닥으로 몸을 뉘었다.

'크윽!'

아직 충격을 모두 해소하지 못한 상태에서 역방향으로 힘을 준 탓에 온몸이 뻐근해졌지만, 이 정도 손해쯤은 충분히 감수할 가치가 있었다. 저 돌격을 처음부터 막지 못하면, 속절없이 당할 가능성이 컸다.

쇄도해 오는 담기령을 향해 바닥을 구른 오채군이 재빨리 오른발로 바닥을 쓸었다.

갑주를 입고 있으니 검으로 찌르기보다는 다리를 거는

쪽이 유리하다는 판단. 오른발로 정강이를 밀어 차는 순간, 담기령이 기우뚱하며 재빨리 중심을 잡기 위해 발을 놀리는 모습이 눈에 들어왔다.

'기회!'

오채군은 주저 없이 허리를 튕겨 몸을 일으키며 검을 찔러 넣었다. 검극이 싸늘한 기운을 머금은 채, 담기령의 눈을 노리고 찔러 들어갔다.

카카카칵!

"헉!"

오채군의 얼굴이 경악으로 물들었다. 불쑥 끼어든 담기령의 팔뚝과 부딪치는 순간, 검이 무언가에 말려들 듯 끌려가더니 갑자기 반탄력에 의해 튕겨 나가 버린 탓이다.

그와 함께 횡으로 후려치듯 들이닥치는 도격. 피하기는 글렀다. 방법은 오직 하나.

이를 악물고 검신의 넓은 면을 오른쪽 팔뚝에 붙인 후 잔뜩 몸을 웅크렸다. 동시에 도격이 날아드는 방향을 향해 불쑥 한 걸음 내딛는다.

까아아앙!

"끄헉!"

거세게 튕겨 나가며 바닥을 구르는 오채군의 입에서 신음이 터져 나왔다. 막기는 했지만 충격까지는 어쩔 수 없는 법. 온몸의 뼈마디가 죄다 으스러지는 듯한 통증에 저도 모르게 이를 악물었다.

무림영주

하지만 충격보다는 온몸의 신경을 죄어오는 공포가 오채군의 머릿속으로 가득 메웠다. 온몸을 웅크리고 최대한 힘을 빼 날아오는 참격의 힘에 몸을 실었다. 거기에 더해 한 호흡 앞으로 다가서며 타점까지 비틀었다. 그런데도 이 정도 충격이라니.

'내가 감당할 수 있는 상대가 아니다!'

오채군은 냉정하게 판단을 내렸다. 장운담을 잡은 것은 함정 같은 것이 아니라는 것 역시 깨달았다. 그리고 잊고 있던 담유성의 경고 또한 되살아난다.

황급히 일어나 뒷걸음질 치는 사이 오채군의 두 눈이 사방을 훑었다. 숲 너머에서 날아드는 화살과 그것들을 쳐내느라 정신없는 네 명의 동료가 눈에 들어왔다.

그리고 오채군의 두 눈은 한층 더 깊이 가라앉았다.

담기령의 도격이 다시 한 번 날아들었다. 딱히 초식이라고는 볼 수 없는, 단순 명쾌하면서도 가공할 압력을 품은 참격.

오채군의 신형이 방향을 틀었다. 오른쪽. 뱀 같은 세모꼴 눈을 가지고 있다 하여 독사라 불리던 철혈대 동료가 있는 방향.

턱!

오채군의 손이 독사의 어깨를 잡아당기는 바람에 독사의 검이 미끄러지며 한 대의 화살이 그의 명치 깊숙이 파고들었다.

"꺽!"

경악으로 물든 독사의 두 눈이 오채군을 보는 순간, 그의 어깨를 잡고 있던 오채군의 손에 힘이 들어갔다.

촤아악!

날아드는 도격에 독사의 등판에 커다란 금이 그어졌다. 하지만 오채군은 조금도 개의치 않는 듯, 독사의 몸뚱이를 방패 삼아 그대로 돌진했다.

"흐아아앗!"

기합과 함께 죽은 독사의 시체 너머에서 날카로운 검격이 파고들었다.

까가강!

단숨에 세 번의 검격이 날아들었다. 하지만 그것을 맞이한 것은 담기령의 몸을 둘러싼 갑주, 흑야였다.

처음 두 번의 검격을 팔뚝으로 밀어냈다. 그리고 세 번째 검격을 손에 낀 권갑(拳甲) 맞이했다.

끼이이익!

귀를 찢을 듯한 마찰음과 동시에 담기령의 손이 검날을 따라 쭉 미끄러져 들어왔다. 옆으로는 기형도가 한껏 바람을 끌어안았다.

"흡!"

깜짝 놀란 오채군이 눈을 부릅뜨며 검을 빼내려 했으나, 담기령의 손에 잡혀 빠지지 않았다. 이대로 있다가는 독사와 함께 그대로 몸이 잘려 나갈 판.

하지만 오채군은 낭인 출신답게 지극히 효율적인 판단을 내릴 줄 알았다.

재빨리 손에서 검을 놓는 동시에 독사의 몸뚱이를 밀어 차며 그대로 바닥을 굴렀다. 동시에 떨어져 있는 독사의 장검을 쥐고 저 멀리 다른 동료가 있을 곳을 향해 몸을 날렸다.

'만만히 볼 놈이 아니구나!'

담기령은 저도 모르게 솟구치는 경각심에 황급히 호흡을 골랐다. 오채군의 임기응변으로 인해, 담기령의 창월은 애꿎은 독사의 시신에 헛된 칼질을 했다. 그리고 오채군은 이미 저만치 몸을 빼고 있는 중이었다.

분명 무공 수준으로만 따지자면 오채군이 담기령보다 하수였다. 하지만 오채군에게는 이십여 년 칼밥을 먹으며 쌓은 경험과 노련함이 있었고, 자신을 위해서는 동료마저도 희생시킬 수 있는 비정함이 있었다.

오채군의 손은 다른 동료의 뒷덜미를 향하고 있었고, 신속하게 뒤를 쫓은 담기령은 지체 없이 칼을 휘둘렀다.

비명이 울려 퍼지고 순식간에 철혈대 무인 세 사람이 절명했다. 오채군은 동료들을 방패로 쓰는 것 외에도, 틈틈이 비도를 던지고, 바닥의 흙을 차올리는가 하면, 쉴 새 없이 땅바닥을 구르며 담기령의 공격을 가까스로 피하고 있었다.

담기령의 두 눈이 한층 차분하게 가라앉았다. 머리로는 냉정하게 오채군의 행동을 읽어갔다.

지금 오채군이 노리는 것은 오직 하나였다. 동료를 방패 삼아 담기령에게 공격을 퍼붓고는 있었지만, 실은 어떻게든 살아서 이 숲을 빠져나가는 것만이 그의 목적이었다.

오채군의 손이 마지막 남은 동료, 종사운을 향해 뻗어갔다. 동시에 그의 시선은 산비탈 저 아래쪽으로 향해 있었다. 자신들이 흔적을 쫓아 올라온 길, 유일하게 화살이 날아오지 않는 방향이었다. 마지막으로 남은 종사운을 담기령을 향해 미는 동시에, 자신은 비탈 아래를 향해 달릴 생각이었다.

그리고 오채군의 손이 종사운의 머리채를 와락 움켜쥐었다.

푸욱!

순간, 기묘한 소리가 오채군의 귓가에 울렸다. 뒤이어 명치 어림이 따끔하는가 싶더니, 섬뜩하면서도 화끈한 통증이 온몸을 달구었다.

"끅!"

억눌린 신음과 함께 툭 떨어진 시선으로, 자신의 명치에 박힌 한 자루 단검이 보였다.

단검의 주인은 종사운이었다. 오채군이 독사를 방패로 삼는 순간 종사운은 오채군의 생각을 읽을 수 있었다. 그리고 자신이 그 방법을 쓰기로 마음먹은 것이다.

그때 섬뜩한 기운이 무시무시한 기세로 날아들었다. 담기령의 도격이라는 것은 보지 않아도 알 수 있었다.

종사운은 황급히 두 팔을 놀리며 오채군을 도격이 날아드는 방향으로 밀어냈다. 동시에 자신은 산비탈을 향한 채 땅을 박찼다. 분명 비탈을 굴러 몸이 상하기는 하겠지만, 이 공격권에서는 벗어날 수 있으리라. 살아날 수만 있다면 언제든 후일을 기약할 수 있었다. 그러니 우선은 살아야 했다.

츠컥!

섬뜩한 단절음이 종사운의 귓바퀴를 타고 흘렀다. 아마도 오채군의 몸뚱이 어딘가가 잘려 나갔으리라.

그런데 이상했다.

'다리가 왜 이리……'

뜬금없이 느껴지는 허전함에 종사운의 시선이 아래로 향했다. 그리고 무릎 아래가 허전해진 자신의 두 다리를 확인했다.

푹, 푸푹!

동시에 세 대의 화살이 종사운의 가슴팍으로 날아와 박혔다. 아래쪽으로 향하는 비탈은 담기령이 일부러 만들어놓은 퇴로였고, 그곳에 미리 궁수들을 대기시켜 놓았던 것이다.

털썩!

바닥으로 곤두박질친 종사운의 몸뚱이가 데굴데굴 산비탈 아래로 끊임없이 굴러떨어졌다.

그리고 숲속의 공터는 잠시 정적에 잠겼다.

"후우."

담기령은 흑야와 창월을 되돌린 후, 고개를 절레절레 흔들며 정신을 가다듬었다.

'전장을 떠난 지 너무 오래됐나?'

담기령은 스스로를 책망하는 듯한 표정으로 조금 전의 상황들을 되짚었다.

철혈대를 속여 함정을 파놓은 뒷산 숲으로 유인하고, 궁수들은 밖에서 자신은 안에서 동시에 공격을 한다는 계획은 미리 짜 놓기라도 한 듯 착착 들어맞았었다. 하지만 잠시 동안의 성공에 바짝 조였던 긴장감이 일순간 풀어진 것이 실수였다.

그 탓에 오채군의 예상치 못한 행동에 애를 먹은 것이었다.

그때 저편에서 누군가 급히 달려왔다.

"괜찮으냐? 다친 데는 없고?"

담고성이, 담기명과 외당의 궁수들을 이끌고 다급히 이쪽으로 달려오고 있었다.

"예, 괜찮습니다. 그리고 계획한 대로 철혈대는 모두 처리했습니다."

아들의 몸에 이상이 없는 것을 확인한 담고성이 그제야 안도의 한숨을 내쉬었다. 사방에서 날아드는 화살에 대비해, 담기령이 흑야를 소환해 걸치겠다고 말을 했었음에도 아비로서 걱정을 하지 않을 수 없었던 것이다.

"일단 내려가자꾸나. 아침을 먹기 전에 다른 현으로부터 연락이 올 것이다."

고개를 들어 하늘을 보니 이미 날이 환하게 밝아 있었다. 담고성은 외당 무인들에게 시신들을 수습하라 명한 후 천천히 장원을 향해 걸음을 옮겼다.

"그런데……."

산 아래로 장원의 모습이 보일 즘, 담고성이 조용히 말을 꺼냈다.

"말씀하십시오."

"아까는 시간이 촉박해 묻지 못했는데, 어떻게 이번 철문방 사태의 핵심이 오산에 있다는 걸 알아낸 것이냐?"

담고성이 피로가 가득한 얼굴로 물었다. 담유성에게 너무 충격적인 이야기를 들은 데다, 곧장 철혈대를 처리하기 위해 바쁘게 일을 처리하는 동안 심신이 지칠 대로 지친 탓이었다.

"처음에는 저도 전혀 생각지 못했습니다. 하지만 숙부의 배신 가능성에 생각이 미치니, 과거 오산에 올랐던 일이 떠올랐고 그제야 다른 이상한 부분이 눈에 들어온 것입니다."

"이상한 부분이라니?"

"철문방이 굳이 이곳 용천현을 처주부 진출의 교두보로 삼을 이유가 없다는 점입니다."

"음?"

담고성이 고개를 갸웃거렸다.

용천현은 아주 오래전부터 두 가지가 유명했는데, 하나는 청자이고 또 하나는 검이었다. 당연히 중원 각지로 높은 가격에 팔려 나가는 물건들이었고, 그러다 보니 용천현은 처주부에서도 꽤 중요한 위치를 가지고 있었다.

처음 철문방이 용천현으로 들어온 것 역시 그러한 중요성 때문이라 판단하지 않았던가.

담기명 역시 이해할 수 없다는 표정이었다.

"처주부에서 용천현이 중요한 지역인 이유는 이곳에서 나는 청나자 검 때문이지 지리적 이점이 있기 때문이 아닙니다. 하지만 처주부에서 용천현이 차지하는 비중이 높다는 인식이 강하게 새겨져 있는 탓에, 철문방이 용천현을 먼저 차지하려 한다고 착각했던 것이지요. 철문방이 처주부에 진출할 생각이 있었다면, 구주부의 접경에 있는 송양현이나 수창현이 더 유용합니다. 그럼에도 굳이 용천현으로 들어왔다는 것은, 철문방은 처주부가 아닌 이곳 용천현만을 노리는 것이라 가정할 수 있습니다."

"그럴 수도 있겠구나."

"그리되면 다른 이유를 생각할 수밖에 없지요. 그런데 청자를 굽는 용천요(龍泉窯)나 검을 만드는 장인들 쪽은, 관의 눈이 있으니 철문방이 노리기에는 무리가 있습니다."

담고성이 고개를 끄덕이며 담기령의 말을 받았다.

"그래서 네 숙부와 연관된 오산을 떠올렸던 것이구나."

"그렇습니다."

"후우!"

담고성은 길게 한숨을 내쉬며 호흡을 골랐다.

담기령의 예상대로 담유성은 세가의 배신자였다. 그리고 그 배신의 핵심에는 은광이 있었다.

당시 하곡촌에서 오산으로 들어갔던 수상한 사내들은, 다름 아닌 탐광꾼들이었다. 담유성은 오산을 수색하던 중, 그들을 찾을 수 있었고, 탐광꾼들이 발견한 광맥과도 마주하게 되었다. 그런데 하필이면 그것이 은광이었던 것이다.

견물생심, 어마어마한 재화를 보니 탐욕이 솟는 것은 어쩔 수 없었다. 탐광꾼들이 발견한 광맥이니 아직 외부에는 전혀 알려지지 않은 곳. 만약 이 광맥을 차지한다면 어마어마한 재화를 쌓을 수가 있었다.

문제는 가주인 담고성이었다. 담고성의 성향상, 몰래 은광을 채굴하는 잠채를 할 리가 없었기 때문이다. 그렇다고 제 손에 들어온 것이나 마찬가지인 은광을 고스란히 나라에 바치기는 싫었다.

그러다 오랜 세월 담유성의 마음속 깊은 곳에 잠들어 있던 불만이 커다란 싹을 틔워 올리고 말았다.

자신보다 무공도 떨어지고 세가를 운영하는 것 역시 부족한 점이 있는 사촌 형이, 단지 장손이라는 이유로 가주가 된 것에 대한 불만이었다.

생각이라는 것은 거듭하면 할수록 눈덩이처럼 거대해지는 법. 결국 담유성은 그 은광을 이용해 세가를 차지하는 쪽을 택했다. 그리고 마음을 먹은 순간, 탐광꾼들은 물론 함께 산에 올랐던 외당 무인들까지 모두 자신의 손으로 숨을 끊었다.

그 이후는 담기령의 예상대로였다.

자신의 힘만으로는 잠채를 운영할 수 없다고 판단한 담유성은, 다른 주에 있는 철문방을 찾아가 모종의 계약을 맺었다.

철문방은 담유성을 담씨세가의 가주로 만들어주고 잠채한 은의 이 할을 넘기는 조건은, 철문방은 잠채한 은의 팔할을 가지는 계약이었다.

잠채라는 것이 많은 인력을 동원하면서도, 철저하게 비밀을 유지해야 하는 꽤나 어려운 일이라는 것을 생각하면, 담유성으로서는 충분히 남는 장사였다.

손도 안 대고 이 할의 은과 담씨세가를 차지할 수 있기 때문이었다.

문제는 갑자기 돌아온 담기령이, 자신은 상상도 할 수 없을 정도의 고수가 되어 돌아왔다는 점이었다. 거기에 더해 노련한 눈썰미까지 가지고 있었다는 점.

담씨세가의 세 부자는 아무런 말없이 산길을 따라 걸었다. 그리고 이번에도 먼저 침묵을 깬 사람은 담고성이었다.

"들어가 쉬도록 해라. 남은 이야기는 아침을 먹으며 하자꾸나."

"예, 어쨌든 싸움이 시작되기 전에 내부의 적을 모두 처

186

리했으니 잠깐은 숨을 돌릴 여유가 생긴 것 같습니다. 그런데……."

담기령이 뭔가 이야기를 꺼내려다 난감한 표정으로 말끝을 흐렸다.

"왜 그러느냐?"

"숙부는 어찌하실 생각이십니까?"

담고성이 잠시 침통한 표정을 지었다. 하지만 이내 굳은 표정으로 스스로에게 다짐하듯 말했다.

"죄를 지었으니 벌을 받아야지. 그 역시도 잠시 후에 이야기하자꾸나."

"알겠습니다. 그럼 좀 있다 뵙겠습니다."

담기령의 인사에 고개를 끄덕인 담고성이 어깨를 축 늘어트린 채 걸음을 옮겼다.

그런 아버지의 뒷모습을 가만히 바라보던 담기령이 짧은 한숨과 함께 그 뒤를 따랐다.

7장
싸움이 아닌 전쟁

"어찌하는 것이 좋겠느냐?"

반백의 중늙은이가 난감한 표정으로 물었다. 대답을 한
이는 서른쯤으로 보이는 중년인이었다.

"냉정하게 생각할 필요가 있습니다."

중년인은 중늙은이의 난감한 표정과 달리 아무런 감정이
드러나 있지 않은 얼굴이었다.

중늙은이는, 처주부 북부 수창현의 제운방 방주 황태춘
이었다. 그리고 중년인은 황태춘의 아들인 소방주 황개형이
었다.

두 사람 사이에 놓여 있는 탁자에는 두 장의 서신이 놓여
있었다.

한 장은 지난 밤에 전서구로 받은 서신이었다.

구주부의 철문방이 처주부 진출을 노리고 있습니다. 본세가가 있는 용천현에 철문방과 철문방의 주구인 감천방이 진출한 바, 현재 대립하고 있으니 처주부의 동도들께 도움을 청하는 바입니다. 이는 단순히 용천현만의 일이 아닌, 처주부 전체의 일이기도 하다는 점을 숙고해 주시기 바랍니다.

담고성 배상.

그리고 또 한 장은 오늘 아침 일찍 인편을 통해 전해져 온 서신이었다.

용천현의 담씨세가에서 본방의 소방주를 억류하고 있는 바, 이에 대해 철문방은 그 일의 시시비비를 따지려 한다. 이는 본방과 담씨세가 사이의 일인 바, 다른 누군가가 끼어드는 것을 원치 않는다. 허나, 부화뇌동하여 끼어드는 자가 있다면, 그 즉시 본방의 적대 세력으로 간주함을 고한다.

철문방주 장부동.

완전히 상반 내용의 두 서신. 황태춘은 지난밤 서신을 받는 즉시 제운방의 무인들을 준비시킨 터였다. 그런데 오늘 아침 인편으로 철문방의 서신을 받고는 멈칫할 수밖에 없었다.

황개형이 신중한 표정으로 다시 말했다.

"직접적으로 말을 하지는 않았지만, 철문방은 지금 용천현만을 노리고 있는 상황입니다. 그러니 우리가 괜히 끼어들어 철문방을 적으로 돌릴 필요는 없습니다."

"하지만 담씨세가는 처주부에서도 오랜 세월 자리를 잡고 있었고, 우리와의 친분도 있는 곳이다. 아무리 불리하다지만 하루 아침에 안면을 바꿀 수도 없지 않느냐?"

"어차피 철문방과 부딪친다면, 담씨세가의 미래는 없는 것이나 마찬가지입니다. 굳이 사라질 곳에 의리를 내세울 필요가 있겠습니까?"

하지만 황태춘은 여전히 결정을 내릴 수가 없었다. 황개형이 답답하다는 얼굴로 좀 더 힘을 주어 말했다.

"많은 사람을 이끌려면 때로는 냉정하게 생각해야 합니다. 괜히 저들의 일에 끼어들었다가 우리가 받을 피해를 생각하십시오. 그리고 본방의 방도들이 애꿎은 일에 희생될 수도 있다는 것 또한 생각하셔야 합니다."

황태춘이 그제야 희미하게 고개를 끄덕였다.

"하긴, 애꿎은 우리 사람들의 목숨이 날아가는 건 아니 될 일이지."

사실 서신을 읽는 순간 결론은 이미 나와 있었다. 다만, 스스로 납득을 위해 필요한 과정이었을 뿐이다.

황태춘의 대답에 황개형이 한결 밝아진 얼굴로 말했다.

"담씨세가에는 제가 서신을 써서 답신을 하겠습니다."

"그러도록 해라."

❖❖❖

"이 사람들이 미친 게 분명합니다!"

담기명은 분을 참지 못한 채 어깨를 부르르 떨며 외쳤다. 탁자를 사이에 두고 앉아 있는 담고성의 얼굴은 새파랗게 질리다 못해 새하얗게 떠 있었다.

아무런 대답도 돌아오지 않자 담기명이 다시 말했다.

"미친 게 아니고서야, 어떻게……."

하지만 여전히 그 말을 받아주는 사람은 없었다.

세 사람이 사이에 두고 있는 탁자에는 구겨지거나 찢긴 종잇조각들이 널브러져 있었다. 모두 오늘 아침에 전서구를 통해 도착한 서신들이었다.

그런데 서신들의 내용이 모두 한결 같았다.

담씨세가와 철문방 사이의 일에 관여하는 것은 도의가 아니라 생각하오. 또한 둘 사이의 일에 다른 이들을 끌어들이려 하는 행동 또한 예의가 아니라 생각하오.

명백한 거절. 대부분의 서신이 내용은 달라도 그 의미는 똑같았다. 거기에 더해 담씨세가가 도의가 없음을 비난하며, 앞으로의 관계 또한 끊겠다는 의미까지 포함되어 있었다.

"이 사람들은 우리 세가가 이제 곧 사라질 거라 여기는 모양이구나."

담고성이 힘없는 목소리로 말했다. 아무도 도와주지 않는 상황에서 철문방을 맞이한다는 건 멸문을 각오해야 할 정도로 큰일이었다.

그때 지금까지 가만히 앉아 있던 담기령이 입을 열었다.

"이미 예상했던 일입니다."

말이 떨어지는 순간, 담고성과 담기명의 시선이 동시에 담기령에게로 향했다.

"저도 어제까지는 그리 생각하지 않았습니다만, 간밤에 있었던 일과 숙부의 이야기를 들어보니 충분히 가능한 일입니다."

"그게 무슨 말입니까, 형님."

담기명이 이해할 수 없다는 표정으로 물었다. 처주부의 어느 곳이든 철문방이 자리를 잡는다면, 다른 곳들 또한 위험한 것은 마찬가지가 아닌가.

담기령은 담고성을 보며 대답을 했다.

"어차피 철문방이 노리는 것은 은광입니다. 그 은광만 차지한다면, 굳이 처주부 전체에 세력을 넓히지 않아도 충분히 많은 것을 얻게 되지요."

"그렇겠지."

"그러니 철문방에서 다른 곳에 연락했을 겁니다. 담씨세가와 자신들 사이의 일이니 끼어들지 말라고, 자신들은 용천현에만 볼일이 있다고 말입니다."

"흐음……."

담고성이 침중한 표정으로 고개를 끄덕였다. 확실히 아들의 말이 맞았다. 하지만 담기명은 여전히 받아들일 수 없다는 표정이었다.

"결국 자기들에게는 피해가 없으니, 지금까지의 관계를 끊겠다는 말 아닙니까?"

"이해해라."

"형님!"

"그들의 입장을 이해하라는 말이다. 하지만 그렇다고 앞으로 그들과 좋게 지낼 필요도 없다."

확실하게 선을 긋는 담기령의 말에 담고성이 답답한 표정으로 말했다.

"앞으로가 문제가 아니지 않느냐. 당장 철문방을 어찌 막아야 한단 말이냐?"

"이미 생각해 두었습니다."

"뭐?"

담고성이 깜짝 놀라 외쳤다. 담기명 또한 두 눈을 동그랗게 뜨고는 형의 얼굴을 보았다.

"무슨 방법이 있단 말이냐?"

"싸워야지요."

두 사람의 얼굴에 동시에 실망감이 어린다. 무인의 수가 겨우 백오십 남짓인 작은 세가가 어찌 철문방처럼 큰 세력을 상대한단 말인가.

"저들의 전력이 어느 정도인지 너도 듣지 않았느냐?"

지난밤 담유성을 통해 철문방의 현재 전력에 대해서 정보를 얻었다.

철문방의 철화당 소속 무인 사백여 명과 감천방 이백 명, 도합 육백여 명의 전력이었다. 그에 반해 담씨세가의 외당 무인들은 겨우 백오십이었다. 네 배에 달하는 전력 차이를 가지고 어찌 싸운다는 말인가.

하지만 담기령은 아무렇지도 않은 듯 말했다.

"기본적으로 저들은 구주부에서 이곳까지 왔습니다. 숙부에게 듣기로는 어제 아침에 모든 인원이 도착했다고 했으니 분명 피로가 쌓였을 것입니다. 게다가 어제 장운담이 인질로 잡혔으니 간밤에도 제대로 쉬지 못했을 겁니다. 지칠 대로 지쳤다는 말이지요."

"아무리 그래도 저들의 수가 네 배다."

"상관없습니다. 힘들기는 하겠지만 이기지 못할 정도는 아닙니다."

너무 자신만만한 담기령의 말에 담기명이 갑자기 뭔가 생각났다는 듯 말했다.

"아, 인질로 잡은 장운담이 있군요. 놈을 잘 이용하면……."

담기령이 바로 고개를 내저었다.

"그놈은 나중에 철문방과의 협상에 쓸 놈이다. 당장은 도움이 안 돼."

"예? 하지만 철문방의 소방주가 아닙니까?"

"인질을 데리고 협상한다 해서 놈들이 쉽게 물러날 리가 없다. 그리고 인질을 내주는 순간 다시 공격해 올 가능성이 훨씬 크다. 위험한 곳에서 중요한 패를 던질 필요는 없다. 이번 일은 세가의 외당만으로도 충분하다."

"도대체 어떻게 말입니까!"

"우리가 하는 것은 단순한 패싸움이 아니라 전투다. 전투라는 건 머릿수만으로 하는 게 아니지. 그러니 이길 수 있다."

담기령이 확신에 찬 얼굴로 말했다. 단순히 보이기 위한 것이 아니라, 담기령은 그렇게 확신하고 있었다.

상황을 살펴본 바로는, 철문방이나 담씨세가나 데리고 있는 무인들의 수준은 비슷했다. 다만, 그 수가 몇 배의 차이가 난다는 점과 중간의 당주나 향주급 인물들의 무공이 더 뛰어나다는 정도였다.

대신 담씨세가에는 그것을 뛰어넘을 수 있는 한 가지가 있었다.

바로 실전의 경험이었다. 처주부는 전당강과 합류하는 영녕강으로 인해 왜구들의 침탈이 잦았지만, 구주부는 그렇지가 않았다.

즉, 담씨세가는 왜구들로 인해 늘 실전을 겪고 있었지만 철문방은 그렇지가 못했다. 일반 병사들과 크게 다르지 않는 무이들에게 이것은 아주 커다란 차이였다.

그리고 담씨세가는 평소 군대에 버금가는 훈련을 통해 군기가 제대로 서 있었다. 명령이 떨어지는 동시에 몸이 반사적으로 그 명령을 따를 준비가 되어 있다는 뜻이다. 게다가 이곳이 담씨세가의 영역이라는, 다시 말해 이곳의 지리에 훨씬 밝다는 것 또한 이점이었다.

당혹스러운 표정을 짓고 있는 담고성을 향해, 담기령이 담담한 얼굴로 말했다.

"제 계획은 이렇습니다."

그리고 미리 준비해 두었다는 듯 한 장의 커다란 종이를 펼쳤다.

바둑에는 복기라는 것이 있다. 끝이 난 대국을 처음부터 되짚으며 스스로를 돌아봄으로써, 반성하고 더 나아갈 방향을 잡는 것이다.

그리고 그 복기라는 것은 단순히 바둑에만 필요한 것이 아니다. 사람이 살아가는 데도 항상 그것이 필요했다.

하지만 사람의 삶은 바둑과 달리, 인생 자체가 단 한 번의 대국이기에 끝난 후에는 복기를 할 수가 없다. 그렇기에 인간은 시시때때로 스스로를 돌아보는 시간을 가져야 했다.

다만, 대부분의 사람들이 치열함 속에서는 스스로를 돌

아볼 여유를 가질 수 없다는 것이 문제였다.

"후우……."

담유성의 입에서 긴 한숨이 새어 나왔다. 그는 지금 은광
의 광맥을 발견한 후 처음으로 스스로를 되짚어 보고 있었
다.

그리고 어느새 기억 속에 묻어 두었던 자신의 생각을 떠
올릴 수 있었다.

'나는 어쩌자고 그걸 잊었단 말인가?'

이미 오래전에 인정했었다. 사촌 형이 가주가 된 것은 단
순히 장손이기 때문이 아니라, 사람을 품어 안을 수 있는
그의 그릇 때문이라는 것을.

그런데 은광을 본 순간, 그 생각을 까맣게 잊고 이렇게
되돌아올 수 없는 길로 너무 멀리 와 버렸다.

그때 방문이 열리며 긴 그림자 하나가 방 안으로 들어왔
다.

천천히 시선을 들어 올린 담유성의 얼굴에 한층 짙은 그
림자가 드리웠다.

"오셨습니까, 형님."

담유성의 차분한 목소리에 담고성이 잠시 걸음을 멈칫했
다. 그리고 뭔가 망설이는 표정을 짓더니 다시 담유성에게
로 다가왔다.

"긴 이야기는 않겠다."

"말씀하십시오."

"나는 네 형이기도 하지만, 세가의 가주이기도 하다."

담유성은 한층 더 담담한 목소리로 대답했다.

"알고 있습니다."

그런 모습에 담고성은 지그시 눈을 감았다. 담유성의 저 반응이 무엇을 뜻하는지 알고 있기 때문이었다. 체념이 아니라, 자신의 운명을 받아들여서라는 것을.

담고성은 잠시 심호흡을 한 후, 힘겨운 표정으로 말을 이어갔다.

"지금 네가 했던 일들에 대해 아는 사람은, 세가 내에서 단 세 사람밖에 없다."

"예."

"그리고 오늘 이후로는 이 사실을 아는 사람은 아무도 없을 것이다."

담유성의 얼굴에 흠칫한 표정이 떠올랐다. 지금 담고성의 말은, 자신이 세가의 배신자라는 사실을 비밀로 해주겠다는 의미였다.

"제수씨와 기천이 또한 세가에서 돌봐 줄 것이다."

"감사합니다, 형님!"

담유성의 두 눈에서 주르륵 눈물이 흘렀다. 담고성 또한 목소리가 한층 잠겨 들었다.

"대신 네가 해줘야 할 일이 있다."

"예."

"아마 죽음으로 가는 길이 될 것이다."

"알고 있습니다. 그리고 그 또한 고맙습니다."

철문방과의 전쟁 상황이 목전까지 들이닥친 이때에 죽음으로 가야 할 길이라는 것은 뻔했다. 희생양, 혹은 미끼가 되어야 한다는 뜻이었다.

이는 다시 말하면, 세가를 위해 희생한 외당 당주로 만들어 주겠다는 뜻이고, 이는 담유성의 명예를 지켜주겠다는 우회적인 표현이었다. 담유성의 두 번째 감사는 그에 대한 인사였다.

잠시 정적이 흘렀다. 담고성은 사촌 동생을 사지로 내몰 수밖에 없는 상황에 말을 잇기가 힘들었고, 담유성은 자신의 죄에 대한 회한으로 뭐라 말을 할 수가 없었다.

죽음 같은 정적이 흐른 후, 담고성이 애써 목소리를 가다듬으며 말했다.

"가기 전에 제수씨와 기천이를 보고 가겠느냐?"

담유성은 천천히 고개를 저었다.

"아내와 아들을 보면, 애써 다잡은 마음이 흔들릴 것 같습니다. 그냥 이대로 떠나겠습니다."

담고성이 긴 한숨을 내쉬며 고개를 끄덕였다.

"조금이라도 거짓이 있을 경우, 그대는 죽은 목숨이라는 걸 명심하라."

칠 척에 가까운 키에 보통 사람의 두 배는 될 법해 보이는 거대한 덩치를 가진 사내가 두 눈을 부라리며 말했다.

"흐흐, 걱정 마시오. 이 일이 실패하면 나는 어차피 죽은 목숨이오."

대답한 이는 다름 아닌 담유성이었다. 거한의 사내는, 철문방의 철화당 당주 손대명이었다. 철문방 내에서도 손에 꼽히는 실력자로, 철문방주 장부동을 포함해 검기를 다룰 줄 아는 일곱 명의 고수 중 하나였다.

"그대의 목숨 따위는 중요하지 않다. 중요한 것은 소방주님의 안위일 뿐이다."

"그러니 걱정 말란 말이오. 만약 소방주를 해하기라도 하는 날에는, 더 이상 물러날 여지가 없다는 것을 저들 역시 잘 알고 있소이다."

손대명이 조용히 고개를 끄덕였다. 사실 그리 틀린 말은 아니었다. 인질을 잡는다는 것은, 따지고 보면 그리 효율적인 일이 아니었다. 더군다나 자신들의 근거지에서 인질을 잡는 짓은 더 생각할 필요도 없다.

조건을 걸고 인질을 넘겨준다 해서 일이 깨끗하게 마무리되는 것도 아니고, 인질을 해하는 것 역시 마지막까지 치닫는 결과를 부를 뿐이다.

혹여 도망치는 중에 시간을 버는 정도라면 모를까, 대부분은 비슷한 결말을 맞이한다.

"일단 두고 보면 알 일이지."

손대명이 더 이상 이야기하기 싫다는 듯 정면으로 시선을 옮겼다. 지금 두 사람이 걷는 길은, 담씨세가의 장원으로 오르는 대로였다. 그리고 두 사람의 뒤로는 철화당 예하의 두 개 향이 따르고 있었다.

다른 두 개 향과 감천방 방도들은 다른 길을 돌아 담씨세가를 향해 가는 중이었다. 장원을 완전히 포위하고 퇴로를 차단하기 위해서였다.

일단은 완전히 포위하고 드러난 힘을 보여줌으로써 담씨세가에서 허튼짓을 못하도록 하기 위함이었다.

그렇게 얼마나 더 길을 따라 걸었을까, 저 멀리 담씨세가의 장원인 담가승택이 보였다.

"저건 뭔가?"

손대명이 갑자기 걸음을 멈추며 물었다. 담씨세가로 이어지는 길 한가운데, 온몸에 새까만 갑주를 걸친 젊은 남자가 이쪽을 응시하며 우두커니 서 있는 탓이었다.

"집을 나갔다가 얼마 전에 돌아온 소가주입니다."

"음? 설마 저놈이……."

말끝을 흐린 손대명이 고개를 앞으로 쭉 내밀더니 두 눈을 가늘게 좁힌다. 그리고 어처구니없는 표정으로 말했다.

"미친놈이로군."

검은 갑주의 사내가 이쪽을 향해 홀로 달려오고 있었다. 달려오는 미친놈의 손이 얼굴 쪽으로 향하는 것이 보였다.

삐이이이익!

찢어질 듯한 고음의 피리 소리가 사방을 휩쓸었다.

"미친놈!"

손대명에 대한 담기령의 평가 또한, 손대명이 담기령에게 했던 것과 똑같았다.

'생각이라는 걸 할 줄 모르는 놈인가?'

세력과 세력의 싸움이었다. 한쪽이 백오십 명, 다른 한쪽이 육백 명인 대규모 인원이 서로 목숨을 내걸고 싸우는 일이었다. 즉, 전투라는 말이다.

그런데 전투를 하겠다는 놈이 저렇게 느긋하게 적진을 향해 걸어온단 말인가. 아무리 수적으로 우세하다 해도 전투에 임하는 자세가 안 된 놈이다.

그렇다면 이쪽은 정석대로 간다.

적은 수로 많은 적을 상대해야 할 때는, 사실 일단 후퇴를 하는 것이 첫 번째지만, 장원을 버릴 수는 없었다. 성벽을 두고 수성전을 할 수 있다면 좋겠지만, 성벽이 아닌 장원의 담장으로는 불가능한 일이니 그 역시 배제할 수밖에 없는 방법.

그러니 취할 수 있는 방법은 오직 한 가지.

담기령이 손에 들고 있던 호적(號笛)을 입에 물었다.

삐이이익!

전투의 시작을 알리는 개전 명령이었다.

쏴아아아!

갑자기 세찬 바람 소리가 울렸다.

"흡!"

소리가 난 쪽으로 고개를 돌리던 손대명의 두 눈이 퉁방울만 하게 커졌다.

"피해라!"

길 왼쪽의 야트막한 언덕 너머에서 갑자기 새까맣게 솟구쳐 오른 것은 화살들이었다.

수십 대의 화살이 격한 포물선을 그리며 하늘로 솟아오르더니, 어느 순간 섬전처럼 아래를 향해 세찬 궤적을 그린다.

쉐에에엑, 팍!

"아아악!"

최초의 비명이 터졌다. 철화당 무인들이 비명을 토하며 우수수 무너져 내린다. 얼핏 확인한 것만 서른 명 정도.

"이, 이놈들이!"

손대명이 버럭 소리를 지르며 달려오는 담기령을 노려본 후, 오른쪽 언덕 위를 보았다. 언덕 너머에서 두 번째 화살들이 솟아오르고 있었다.

'많아봐야 쉰 명!'

한번에 쏘아 올리는 화살은 대략 그 정도 수였다. 그렇다면 저 언덕 너머에 있는 궁수의 수도 딱 그 정도라는 뜻.

탁, 타탁!

철화당 무인들이 병장기로 화살들을 쳐내고 있었다. 첫 번째야 갑작스러워 당했다지만, 눈에 뻔히 보이는 화살에 두 번이나 당할 정도는 아니다.

물론 그렇다고 해서 한 명도 피해가 없는 것은 아니다. 여전히 서너 명씩은 그대로 숨을 거둔다.

손대명이 큰소리로 외쳤다.

"화천향은 우측으로 올라가 쥐새끼들을 잡아라!"

담씨세가의 무인은 모두 백오십 명가량. 그런데 쉰 명 정도라면, 전력의 삼 할가량이 저 언덕 너머에 있다는 뜻이다.

그래서 내린 결정이다. 단번에 쉰 명을 처리해 버린다면 그 뒤의 일은 손쉽게 처리되리라. 그리고 화천향 향주 고완은, 철문방 향주들 중에서도 가장 뛰어난 실력자.

"화천향은 언덕을 넘는다!"

고완이 큰소리로 명을 내리며 달리고, 그 뒤로 화천향 소속 무인들이 언덕을 올랐다.

"됐다. 이대로 장원까지 달린다!"

윤명산의 외침에 율천향 무인들이 재빨리 몸을 일으켰다.

담기령은 윤명산에게 내린 명령은, 호적 소리가 들리면 활을 네 번 쏜 후 곧장 정해진 위치로 뛰라는 것이었다.

방금 그 네 번이 끝났으니, 이제는 전력으로 뛰는 일만 남았다.

화천향 무인들이 언덕을 오르는 사이, 손대명은 앞으로 뛰쳐나가고 있었다.

지이이잉!

손대명의 손에 들린 장검이 파르르 떨며 맑은 울음을 터트리고, 짙은 아지랑이가 피어오르며 검신을 감쌌다. 절정의 경지에 오른 증거인 검기였다.

"흡!"

달려 나가던 손대명이 침음성을 흘리며 눈을 부릅떴다. 마주 달려오는 담기령의 손에 들린 푸른 도신의 기형도에서 피어오르는 짙은 아지랑이를 본 탓이었다.

"도기? 절정이라고?"

이런 촌구석 세가에 절정의 무인이 있다는 사실에 불신감이 피어오른다. 하지만 눈에 보이는 명백한 증거를 무시할 마음은 없었다.

손대명의 장검이 날카롭게 바람을 안았다. 섬뜩한 파공성이 터지며 날카로운 궤적이 공간을 갈랐다.

끼이이익!

"음!"

손대명의 얼굴에 기묘한 표정이 떠올랐다. 자신의 장검을 맞이한 것은, 갑주를 걸친 담기령의 팔뚝이었다. 그대로 갈라 버릴 기세로 장검을 찌른 순간, 장검이 미끄러지며 튕겨 나가 버린 것이었다.

하지만 그보다 더욱 당혹스러운 것은, 이어진 담기령의 행동이었다.

손대명을 깨끗하게 무시고, 그 뒤에 있는 철화당 무인들을 향해 달려간 것이다.

그리고 결과는 불을 보듯 뻔했다.

"크아아악!"

비명과 함께 붉은 핏길이 열렸다. 들어오는 모든 공격을 갑주로 튕겨내는 동시에, 아무런 초식도 없는 단순하면서도 과격한 칼질이 철화당 무인들을 도륙하고 있었다.

"멈춰라!"

버럭 소리를 지르며 달려든 이는 다름 아닌 담유성이었다. 그리고 두 자루 칼이 서로를 향해 날아들었다.

까아앙!

귀를 찢을 듯한 쇳소리, 그리고 뒤로 튕기듯 거세게 날아가 땅에 처박히는 이는 담유성이었다.

"크헉!"

담유성이 신음을 흘리며 바닥을 구르는 찰나.

"죽어라!"

뒤늦게 달려온 손대명이 날카로운 검격을 뿌렸다. 하지만 이번에도 손대명의 장검은 헛되이 허공을 갈랐다.

"저, 저! 똥물에 튀겨 죽일 놈이!"

깔끔하게 손대명을 무시한 담기령이, 그대로 장원을 향해 달려가 버린 것이었다.

"쪼, 쫓아라!"

강자인 자신은 피하고, 상대적으로 약한 무인들만 노려 도륙한 후 그대로 달아나 버렸으니 악이 뻗칠 대로 뻗쳤다.

어차피 저 장원 안에 남아 있는 무인은 많아봐야 백여 명. 길을 우회한 감천방과 남은 두 개 향이 지금쯤이면 도착해 있을 터. 이대로 저 장원 안으로 밀고 들어가 버리는 것이 나을 것이라는 판단이었다.

'쫓아오는군!'

힐끔 뒤를 돌아본 담기령이 고개를 끄덕였다.

소수로 다수와 싸워 이기기 위해서는, 기습을 통해 적 전력을 분산시키고 그것을 각개격파해 나가는 것이 정석이었다.

그리고 정석이 아닌 한 가지. 장원 안에 준비해 놓은 파격이 있었다.

삐이이이익!

담기령의 손에 들린 호적이 또 한 번 길게 울었다.

삐이이익!

그리고 이번에는 아까와 달리 장원 주위의 곳곳에서 화답하는 듯한 호적 소리가 되돌아왔다.

전투의 변화를 알리는 두 번째 신호였다.

삐이이이익!

두 번째로 울린 신호에 담고성은 호적을 불어 신호에 화답했다. 그리고 손에 든 칼을 움켜쥐며 말했다.

"마음을 단단히 먹어야 하네."

담고성의 좌우에 대기하고 있던 담기명과 한 중년 사내를 향해 말했다. 사내는 담씨세가의 외당 소속 세 개 향 중 하나인, 순지향의 향주 백우섭이었다.

"단단히 일러두었으니 걱정 마십시오."

굵고 낮은 음색으로 대답하는 백우섭의 말에 담고성이 믿는다는 듯 고개를 끄덕였다. 그리고 몸을 숨기고 있던 곳에서 살짝 고개를 빼, 비탈 아래쪽을 살폈다.

"마침 오는군."

담고성이 담기명과 순지향을 데리고 몸을 숨기고 있는 곳은, 담씨세가의 장원인 담가승택 왼쪽에 자리잡은 비탈이었다.

장원으로 올라가는 길, 다시 말해 장원을 마주보는 방향에서 보면 장원의 오른쪽이 되는 곳이었다. 그리고 철화당을 향해 화살이 퍼부어졌던 야트막한 언덕이 점점 가팔라져 장원의 뒷산으로 이어지는 기슭이었다.

"준비하라!"

백우섭의 말에 그 뒤에서 대기하고 있던 순지향 무인들이 일제히 몸을 일으키며 시위에 화살을 걸었다.

그리고 저 비탈 아래, 율천향의 뒤를 쫓아 정신없이 달리고 있는 철문방 무인들을 노려보며 시위를 당겼다.

"뭣들 하느냐, 당장 쫓지 않고!"

고완이 악에 받친 목소리로 외쳤다. 그리고 저만치 달아나고 있는 담씨세가 무인들을 노려보며 바득바득 이를 갈았다.

'이게 도대체 무슨 망신이란 말인가!'

생각할수록 열이 차올랐다.

아까 전, 고완은 손대명의 명령을 받아 무인들을 이끌고 언덕을 올랐다. 그런데 정상에 도착하는 순간 맞이한 것은 화살 세례였다. 그것도 아까처럼 언덕을 넘는 것이 아닌 정상을 향한, 즉, 자신들을 향해 거의 직사로 날아드는 화살들.

황급히 화살을 막고 피하는 사이 열 명 정도의 수하들을 잃었다. 그런데 그다음이 더 가관이다.

화살을 퍼부은 놈들이 곧바로 언덕길을 따라 달아나 버린 것이었다.

거기서 끝이 아니었다. 이런 촌구석 세가 무인 나부랭이들이 어찌나 체력이 좋은지, 점점 거리가 벌어졌다. 그리고 조금 거리가 벌어졌다 싶으면 갑자기 뒤로 돌아 화살을 쏘고는 다시 달아나 버린다.

게다가 전력으로 달리다가 갑자기 뒤로 돌아 화살을 쏘는데, 그 화살이 어찌나 정확하게 날아드는지 황당함에 뒤로 넘어갈 지경이었다. 이런 궁색한 시골에서 어떻게 저런 뛰어난 궁수들을 보유하고 있단 말인가.

그렇게 잃은 수하가 또 스무 명. 처음 언덕 너머로 날아든 화살에 죽은 열 명 정도와 언덕에 오르자마자 죽은 열 명 정도까지 합치면 무려 마흔 명에 가까운 수하들을 잃은 것이었다.

너무 화가 나 정신이 혼미할 지경이었다.

절강 삼대 세력 중 하나인 철문방의 무인들이, 그것도 철문방 칠대고수 중 하나인 자신이 이끄는 화천향이 저깟 촌구석 세가 무인들에게 이렇게 당했다는 사실에 피가 거꾸로 솟는 기분이었다.

"하지만 그 짓거리도 이제 끝이다."

고완이 비틀린 미소를 베어 물었다. 저 멀리, 놈들이 달리는 앞쪽에 가파른 산길이 보였기 때문이었다. 절벽까지는 아니지만, 선 채로 뛰어올라 가는 것은 불가능한 경사.

놈들은 더 이상 달아날 수 없었다. 그렇다면 이제 남은 것은 놈들을 도륙하는 것.

그때였다.

쏴아아아!

지겨운 소리가 고완의 귓가에 맴돌았다. 놈들이 갑자기 멈추며 뒤로 돌 때마다 들린 그 소리, 화살이 날아드는 소리였다.

하지만 놈들은 여전히 등을 보인 채 달아나는 중.

고완은 갑자기 등줄기를 타고 오르는 섬뜩한 감각에 황급히 발을 멈췄다. 그리고 생각이 마무리되기도 전에 입에서 먼저 경고성이 터졌다.

"매복이다!"

하지만 화천향의 무인들은 신속하게 반응할 정도의 체력
이 남아 있지 않았다.

팍, 파파팍!

거센 빗줄기처럼 사정없이 내리꽂힌 화살들이 남아 있는
육십여 명 중 절반을 죽음으로 끌고갔다.

쏴아아아!

소리는 거기서 끝이 아니었다. 이번에는 달아나던 놈들
이 뒤로 돌아 화살을 퍼붓는다.

"죽인다!"

버럭 일갈을 터트린 고완이 땅을 박차며 달리기 시작했
다. 칼 한 번 섞어보지 못하고 맞이한 몰살에 가까운 결과
가 고완의 이성을 날려 버렸다.

시뻘겋게 핏발이 돋은 두 눈을 부릅뜬 채 그대로 정면을
향해 내달린다. 화살들이 날아들었지만, 그는 이미 절정의
경지에 오른 고수. 화살 따위에 당할 정도로 약하지 않았
다.

물론 이대로 저 틈으로 들어가 싸운다면 자신 역시 무사
하지 못하다는 것은 알고 있었다. 아무리 절정의 무인이라
해도 칼에 맞으면 피륙이 갈린다. 아까 혼자서 경공을 펼쳐
쫓아가지 않은 이유도 그것이었다.

하지만 이제는 상관없었다. 지금 생각할 것은 한 놈이라

도 더 저승으로 가는 길동무로 삼는 것.

빠드드득!

이빨을 갈아붙이며 손에 든 장검을 떨쳤다. 검신이 어느
새 검기를 토해내고 있었다.

그때였다.

휘이이잉!

세찬 파공성과 함께 섬뜩한 예기가 날아들었다. 방향은
정면이 아닌 왼쪽과 오른쪽.

재빨리 장검을 휘둘러 날아드는 공격을 막은 후, 곧장 반
격을 날렸다.

쩌엉!

거센 소리와 함께 한 조각 쇳덩이가 허공을 날아 포물선
을 그리며 저만치 떨어진다.

"젠장!"

누군가의 짜증스러운 투덜거림에 고완은 그제야 주위를
살폈다. 그리고 자신을 둘러싸고 있는 네 사람을 발견했다.

비탈을 달려 내려온 담고성과 담기명, 백우섭, 그리고 율
천향 향주 윤명산이었다.

외당 무인들의 피해를 조금이라도 줄이기 위해서는 그나
마 가장 고수인 그들이 고완을 상대해야 했던 것이다. 투덜
거린 목소리는 담기명의 것이었다. 고완의 반격을 받아내다
칼이 두 동강으로 잘려 버린 탓이었다.

"후우웁!"

담고성이 긴장된 표정으로 호흡을 골랐다. 최대한 빨리 고완을 처치하고, 장원으로 돌아가야 했다. 그래야만 이 다음의 계획을 진행할 수 있었다.

하지만 고완은 분명 자신들보다 고수였다. 네 사람이 한 꺼번에 덤비면 어떻게든 잡을 수는 있겠지만, 시간이 많이 걸리는 일이었다.

그렇다면 손해를 감수하는 수밖에.

"죽고 싶은 놈부터 덤벼라!"

고완이 버럭 소리를 지르며 검을 휘둘렀고, 네 사람이 지체 없이 그를 향해 달려들었다.

8장
대승(大勝)

"헉, 헉헉!"

가쁜 숨을 몰아쉬며, 길도 없는 숲을 가로질러 달리는 이
는 담유성이었다.

'빨리, 늦으면 안 돼!'

담기령과 칼을 부딪친 순간, 담유성은 충격으로 인해 그
대로 뒤로 날려갔었다. 하지만 실상은, 담유성이 담기령의
도격에 완전히 힘을 빼고 그대로 몸을 실은 것이었다. 의도
적으로 뒤쪽으로 날려갔다는 뜻이다.

담유성이 과장되게 바닥을 뒹굴며 쓰러져 있는 순간, 담
기령은 손대명을 도발한 채 장원을 향해 달아나는 중이었
다. 흥분한 손대명은 뒤도 돌아보지 않고 담기령을 쫓았
고, 그 뒤에 있던 철문방 무인들 또한 정신없이 앞으로 내

달렸다.

즉, 담유성을 신경 쓰는 이는 아무도 없었던 것이다.

그렇게 대열을 이탈한 담유성은 뒤도 보지 않고 길을 벗어나 비탈을 달리고 있었다. 담가승택을 오른쪽에 두고, 숲을 가로지르는 경로.

'다 왔다!'

마침내 숲의 끝이 보였다.

"누구냐!"

"음? 담유성 당주가 아니오?"

갑작스러운 담유성의 등장에 놀라 외친 이들은, 길을 우회해 담가승택의 측면을 치려던 감천방도들이었다.

"헉헉, 그렇소. 나요."

담유성이 턱끝까지 차오른 숨을 애써 가다듬으며 억지로 입을 열었다.

"무슨 일이오? 당신은 손 당주님을 따라가지 않았소?"

"허억, 헉! 그것이 급한 전갈을 가지고 왔소이다."

"급한 전갈?"

"철화당주께서 그대들에게 내린 명이오."

"어서 말해보시오."

"뒤쪽으로 우회한 화풍향과 화수향에 합류하라는 전갈이오."

철문방의 철화당은 백 명씩 네 개의 향으로 이루어져 있었다. 그중 담씨세가의 율천향을 쫓은 이들이 화천향, 손대명이 이끌고 올라간 이들이 화지향이었고, 담가승택의 뒤쪽으로 돌아간 이들이 화풍향과 화수향이었다.

감천방 부방주 장건위가 당혹스러운 표정으로 되물었다.

"갑자기 명령을 바꿨단 말이오?"

"그, 그렇소이다."

"이유가 뭐요?"

장건위가 의심스러운 표정으로 되물었다. 갑자기 명령을 바꿨으니 당연한 의심이기도 했다.

"장원 측면에 함정이 있다는 게 뒤늦게 생각이 났소이다."

"함정?"

"왜구들 때문에 설치해 놓은 함정이오."

"으음……"

장건위가 저도 모르게 고개를 끄덕였다. 용천현은 왜구의 침탈이 잦은 곳이었고, 담가승택은 그럴 때마다 사람들의 피난처가 되는 곳이었다. 그러니 그에 대비해 함정을 설치해 놓는 것은 충분히 있을 수 있는 일.

하지만 아직 의심이 완전히 풀리지는 않았다.

"지금 와서 방향을 바꿔도 합류하는 데 시간이 걸릴 텐데, 그만큼 일이 늦어지는 것이 아니오?"

"내가 지름길을 알고 있소이다. 어서 따라오시오."

장건위는 조심스러운 표정으로 담유성의 위아래를 훑었다. 온몸이 땀에 젖은 채 아직도 숨을 고르고 있는 모습이 급하게 달려온 기색이 역력했다. 게다가 얼마 전까지만 해도, 한밤중에 비밀리에 만나 밀담을 나누지 않았던가.

"앞장서시오."

장건위의 말에 담유성이 크게 고개를 끄덕이며 힘겹게 발을 내디뎠다.

"어서 따라오시오."

"끄윽!"

억눌린 신음이 터져 나왔다.

"괜찮으냐?"

담고성이 다급한 목소리로 물었다.

"괘, 괜찮습니다. 저는 천천히 갈 테니 어서 장원으로 돌아가십시오!"

담기명이 신음을 참으며 대답했다. 고완에게 덤빈 네 사람 중 가장 무공이 약한 이가 담기명이었고, 결국 담기명은 오른쪽 허벅지에 큰 부상을 입었다.

정확하게는, 담기명이 다리가 잘릴 각오를 하고 고완의 검격 안으로 뛰어든 것이었다.

"그러게 왜 그리 무모한 짓을 했느냐?"

담고성이 걱정스러운 마음에 버럭 소리를 질렀다. 담기명이 억지로 웃어 보이며 대답했다.

"그 덕에 저놈을 잡지 않았습니까? 아무래도 무공이 제일 약한 제가 손해를 감수하는 것이 전력에도 득이 됩니다."

그러면서 슬쩍 눈짓으로 옆을 가리켰다. 그곳에는 온몸이 난자당한 채 죽어 있는 고완의 시신이 누워 있었다.

"이놈!"

담고성이 울컥한 마음에 버럭 소리를 질렀지만, 담기명은 미소를 잃지 않은 채 아버지를 밀어냈다.

"어서 가십시오. 형님이 기다리고 있습니다."

담고성이 힘겹게 고개를 끄덕였다. 그리고 옆에 있던 율천향의 무인 둘을 가리키며 말했다.

"너희 두 사람이 데리고 오너라."

"알겠습니다."

두 무인의 대답에 고개를 끄덕인 담고성이 윤명산과 백우섭을 향해 말했다.

"시간이 조금 지체된 것 같군. 서두르세."

"예!"

"저건 또 무슨 짓거리냐?"

손대명이 저도 모르게 발을 멈추며 정면을 노려보았다.

지금 그가 서 있는 곳은, 담가숭택의 정문 문턱을 넘어선 장원 내부였다.

장원으로 가까이 다가가면, 아까처럼 장원의 담장 너머에서 화살이 날아올 거라는 생각에 조심스레 다가왔었다. 하지만 장원에서는 아무런 움직임도 보이지가 않았다.

그렇게 조심스레 장원의 정문을 넘었는데, 그의 눈에 보인 것은 역시나 이상한 광경이었다.

담씨세가 무인들이 기다리고 있을 거라는 예상과 달리, 장원은 거의 텅빈 것이나 마찬가지였다. 눈에 보이는 사람이라고는, 아까 자신을 도발하고 달아난 담기령 한 사람밖에 없었다.

'설마 담장 바깥쪽에서 궁수들이 대기하고 있는 것인가?'

자신들을 장원 안으로 유인한 후, 담장 바깥 쪽에 대기하고 있던 궁수들이 올라와 활을 쏘는 계획인가 싶었다. 하지만 손대명은 이내 고개를 내저었다. 장원 안으로 들어오기 전에 혹시나 싶어 살펴봤지만, 아무것도 없지 않았던가.

'무슨 꿍꿍이지?'

낯선 상황은 당연히 경각심을 부른다.

"하앗!"

하지만 그 경각심을 정리하기도 전에, 담기령이 기합을 내지르며 달렸다.

"이번에야말로 도륙을 내주마!"

손대명이 버럭 소리를 지르며 앞으로 달려 나갔다.

장검의 검봉이 독사처럼 날카롭게 날아든다. 그리고 그것을 맞이한 것은, 담기령이 입은 갑주의 팔뚝.

"음?"

손대명은 그제야 담기령의 손에 무기가 들려 있지 않다

224

는 것을 인지했다. 하지만 무슨 상관인가.

'이대로 꿰어주마!'

두 눈 가득 살기를 머금은 채 장검을 쥔 오른손에 더욱 공력을 불어넣었다.

까아앙!

"흡!"

손대명은 또 다른 한 가지를 뒤늦게 떠올렸다. 아까 몇 합을 주고받을 당시, 담기령이 칼이 아닌 갑주로도 자신의 장검을 막았던 사실을.

그리고 지금도 팔뚝의 비구를 찌르는 순간, 기묘한 반탄력과 함께 검날이 미끄러지는 것을 느꼈다.

손대명은 황급히 뒤로 물러서며 생각을 가다듬었다.

'귀물? 아니, 아니다!'

갑주의 형태가 조금 생소하기는 하지만, 그렇다고 검을 밀어낸 것은 갑주의 힘이 아니었다. 부딪치는 순간의 느낌이 손대명에게는 아주 익숙한 것이었다.

그 익숙한 감각을 토대로 기억을 더듬던 손대명의 얼굴이 경악으로 물들었다.

'서, 설마!'

검기. 자신과 비슷한 절정 수준의 무인들과 비무할 때 느꼈던 감각이었다. 바로, 검기와 검기가 서로 맞부딪쳤을 때의 그 감각.

'이기성형(以氣成形)을 갑주로 구현한단 말인가!'

검으로 구현하면 검기가 되고, 칼로 구현하면 도기가 되는 그것. 다르게는 물기성형(物氣成形), 병기성형(兵氣成形)이라고도 부르는 그것을 갑주로 구현하다니. 있을 수 없는 일이었다.

적어도 손대명의 상식으로는 그랬다. 병장기의 경우에는 그 면적이 넓지 않으니 소모되는 공력의 양이 크지 않았지만, 전신을 감싸고 있는 갑주로 그렇게 한다면 공력의 소모가 적어도 수십 배는 될 터.

'놈의 공력은 끝이 없단 말인가?'

명백한 손대명의 오해였지만, 그의 상식선에서는 그렇게 보일 수밖에 없는 일이었다.

손대명이 불신 가득한 얼굴로 한 걸음 앞으로 디디며 검을 놀렸다.

큰 키와 덩치에 어울리지 않는, 빠르면서도 변화가 극심한 검초였다.

따다다당!!

맑은 쇳소리가 울리며 검과 갑주가 부딪친다.

'이, 이럴 수가!'

보고도 믿을 수가 없었다. 놈은 단순히 팔뚝만 쓰는 것이 아니었다. 손발은 물론, 무릎이나 어깨, 심지어 머리까지 이용해 자신의 검초를 막거나 튕기고 있었다.

하지만 이대로 물러날 수는 없는 법.

"하압!"

손대명이 크게 심호흡을 하며 전신의 공력을 끌어올렸다. 이렇게 나온다면 힘으로 누르는 수밖에.

극한으로 공력을 끌어올린 손대명의 검이 호쾌하게 바람을 머금었다.

끼기기긱!

역시나 결과는 마찬가지. 검날은 허무하게 미끄러지며 그대로 튕겨 나갔다.

손대명이 재빨리 뒤로 물러서며 전면을 방어하기 위해 장검을 휘둘렀다. 하지만 반격하리라 생각했던 담기령의 모습은 그의 앞에 없었다.

"크악!"

"악!"

뒤쪽에서 비명이 울려 퍼졌다. 황급히 뒤를 돌아본 손대명의 얼굴이 일그러졌다.

담기령이 자신을 무시한 채, 뒤쪽의 수하들을 공격하고 있는 탓이었다. 그런데 이번에는 아까와는 달리 손발만을 쓰고 있었다. 게다가 죽이지도 않았다.

기절을 시키거나, 팔다리를 부러트리며 날뛰고 있었다.

"거기 서라!"

손대명이 버럭 소리를 지르며 몸을 날리는 순간, 담기령은 어느새 장원 안쪽을 향해 달리고 있었다.

"쫓아라!"

분기탱천한 손대명이 대성일갈을 터트리며 그 뒤를 쫓

았다.

철문방은 구주부의 패자였다. 아니, 패자보다는 지배자
가 훨씬 더 진실에 가까운 호칭이었다. 구주부 안에서, 무
림에 한 발이라도 걸치고 있는 세력은 철문방이 유일하기
때문이었다.

당연히 철문방주 장부동은 구주부 안에서 만큼은 왕과
같은 위치에 있었고, 구주부의 지방관인 지부조차도 장부동
의 행사에는 그다지 관여하지 않는 편이었다.

장부동이 왕이니, 장부동의 외아들인 장운담은 구주부의
왕자나 다름없었다. 그가 원해서 이루어지지 않는 일이 없
었고, 쟁쟁한 가문의 여식들이 한번이라도 그를 만나기 위
해 줄을 길게 설 정도였다.

그러니 부 단위도 아닌 현 단위에 자리 잡고 있는 세가
정도는 우스웠다.

데리고 있는 무인이 겨우 백오십 명 정도인데다, 외당 당
주인 담유성까지 철문방과 내통하고 있는 상황이었다. 철화
당 사백의 무인에, 미리 심어 놓았던 감천방의 이백 명까지
합하면, 머릿수만 해도 네 배였다.

그래서 싸우지 않고 담씨세가를 얻으면 자신이 더욱 돋
보일 거라 생각했다.

그랬던 장운담이 지금 아주 묘한 꼴을 하고 있었다.

'감히 나에게……'

기가 차서 말이 안 나올 지경이었다. 구주부의 왕자였던 자신이, 덩치 큰 사내에게 업혀 온몸이 칭칭 묶여 있으니 그 굴욕감은 이루 말할 수가 없을 정도다.

"훗날 반드시 후회하게 되는 날이 있을 것이다."

장운담이 자신을 업고 있는 사내의 귓전에 대고 으르렁거리며 말했다. 온몸의 혈이 점혈당했지만 아혈을 점혈당하지는 않은 덕분에 말할 수는 있었다.

"후회는 댁들이 해야 될 것 같은데?"

사내의 이름은 권일, 담씨세가 외당 삼향 중 숭인향의 향주였다.

"나에게 이런 짓을 하고도 무사할 거라 생각한다면……."

장운담이 뭐라고 더 말을 하려 했지만, 권일이 그 말을 잘라냈다.

"이 악물고 있으시오. 흔들리는 와중에 혀라도 씹었다가는 괜히 피만 보게 될 테니."

"뭣이?"

장운담이 와락 인상을 찡그리며 권일을 노려보는 순간, 갑자기 앞쪽에서 누군가의 외침이 들렸다.

"누구냐!"

귀에 익은 목소리에 장운담의 눈동자가 돌아갔다. 그리고 반사적으로 외쳤다.

"화풍향주!"

권일이 장운담을 몸에 묶어 업은 채 서 있던 산길의 아래

쪽에 한 떼의 사람들이 이쪽을 올려보고 있었다. 바로 철화
당 예하의 화풍향과 화수향 무인들이었다.

"후읍!"

권일은 크게 숨을 들이켰다. 그리고 머릿속으로 담기령
이 했던 말을 떠올렸다.

"권 향주, 잘 들으십시오. 이번 계획은 여러 가지 면에
서 열악한 상황 때문에 어느 한쪽이라도 실패하게 되면 모
든 계획이 어그러집니다. 그중에서도, 권 향주가 해주어야
할 일이 가장 중요합니다. 그리고 가장 위험하기도 합니
다."

겨우 스물한 명으로 이백여 명을 상대해야 하는 일이니
당연히 위험했다.

하지만 실패하면 결국 담씨세가는 사라지고, 자신들 역
시 무사하기는 힘들 터. 그러니 힘을 내는 수밖에.

"소, 소방주님!"

화풍향주라 불린 사내가 기겁한 표정으로, 자신이 서 있
는 산길 위쪽을 쳐다봤다. 그리고 반사적으로 권일을 향해
외쳤다.

"뭣하는 놈이냐! 당장 소방주님을 내려놓지 못하겠느
냐!"

"지랄!"

"뭐?"

대뜸 돌아오는 대답에 화풍향주의 표정이 멍해지는 순간, 권일이 홱 방향을 틀더니 길도 없는 비탈 위쪽으로 뛰기 시작했다.

"서라!"

화풍향주가 버럭 소리를 지르며 그 뒤를 쫓고, 함께 있던 화수향주와 나머지 무인들 역시 비탈을 따라 뛰기 시작했다.

"후웁!"

권일은 다시 한 번 크게 숨을 들이켰다.

"어어어!"

"악!"

당혹성과 비명이 한데 어우러졌다. 화풍향주가 황급히 소리가 들린 쪽으로 고개를 돌려보니 무인들 몇 명이 넘어져 바닥을 구르고 있었다.

비탈을 오르다보니 미끄러졌거나, 지면 위로 올라온 나무뿌리에 걸려 넘어진 모양. 하지만 겨우 몇 명 자빠진 정도에 신경 쓸 때가 아니었다.

소방주가 저렇게 끌려가는데 수하 몇 명 정도 넘어진 게 무슨 큰일이겠는가. 어차피 일어나서 쫓아올 터, 화풍향주는 신경 쓰지 않고 비탈을 따라 달렸다.

"제, 제기랄!"

장춘은 와락 인상을 찡그리며 몸을 일으켰다. 달려 올라가던 비탈 위로 자신을 두고 달려가는 동료들의 뒷모습이 보였다. 슬쩍 고개를 움직여 주위를 둘러보니, 자신처럼 넘어져 있는 다른 동료들도 몇 명 보였다.

망할 일이다. 왜 이런 곳에 구멍이 뚫려 있는 건지 이해할 수가 없었다.

비탈을 따라 달리는 와중에, 갑자기 땅이 푹 꺼지며 발이 빠져 버린 것이다. 그것도 무릎까지 잠길 정도의 깊이.

"어?"

몸을 일으키며 구멍에서 발을 빼내던 장춘이 고개를 갸웃거렸다. 구멍이 있는 것도 이상한데, 구멍 안이 온통 진흙으로 채워져 있었던 것이다.

'뭐, 뭐지?'

그제야 기묘한 느낌이 들었다. 길도 없는, 사람도 다니지 않는 비탈에 이 정도 깊이의 구덩이가 있다는 것도 이상한데 그 안에 진흙이 가득 차 있다니. 주위를 둘러보니 동료들 역시 마찬가지.

그때 갑자기 뒤쪽에서 이상한 소리가 울렸다. 황급히 고개를 돌리던 장춘의 얼굴이 헬쑥하게 변했다.

손에 어른 팔뚝만 한 굵기의 몽둥이를 든 스무 명의 사내가 이쪽을 향해 뛰어오고 있었다.

"피, 피해!"

퍼억!

장춘이 다급히 외치려는 순간, 무인들의 몽둥이가 장춘의 뒤통수를 후려쳤다.

철문방 무인들이 황급히 일어나 반격을 하려 했으나, 진흙탕에 잠긴 발은 쉬이 빠지지가 않았고, 몸조차 무거웠다.

퍽, 퍼퍽!

몇 번의 둔탁한 소음이 터지는가 싶더니, 열 명의 철문방 무인들이 순식간에 쓰러졌다.

"자, 빨리 하고 다음 장소로 가야지!"

신이 난 표정으로 나지막이 외친 이는, 담기령이 세가로 돌아온 첫날 그를 알아보았던 기응천이었다.

그의 말에 숭인향 무인들이 고개를 끄덕이며 자신들이 쓰러트린 철문방 무인들을 포박했다. 그리고는 재빨리 다음 장소를 향해 달렸다.

장원이라는 것은, 크게 전원과 후원으로 나뉜다. 후원은 장원의 주인과 그 가족들이 지내는 곳이고, 전원은 장원에 속해 있는 사람들과 그 식솔들의 숙소나 마구간이나 창고 혹은 여러 업무를 보는 집무실 등이 자리한 곳이었다.

그리고 대부분 장원은 처음 지은 상태에서 필요에 의해 확장이 되거나 구획이 나뉘는 등 증축이나 개축을 여러 번 거치는 일이 다반사였다.

그러다 보니 장원 안쪽에는 수많은 전각이 자리한 것은

물론 곳곳에 담이 쳐져 있다. 그리고 각 담마다 문동(門洞)이 뚫려 전각과 전각 사이를 이어준다.

그런 이유로 장원이라는 것은, 장원마다 각자 고유한 구조를 가질 수밖에 없고, 처음 방문하는 사람에게는 일종의 미로나 다름없는 곳이었다.

그 장원 안에서 쫓고 쫓기는 추격전이 벌어지고 있었다.

"서라!"

손대명이 큰소리로 외치며 저만치 뛰어가는 시커먼 그림자를 쫓아갔다.

"빌어먹을!"

담기령이 방향을 꺾은 모퉁이를 따라 돈 손대명이 더 이상 찌푸려질 수 없을 정도로 인상을 썼다.

다 잡았다 싶으면 모퉁이를 돌고, 모퉁이를 돌면 나타나는 갈림길에 걸음을 멈출 수밖에 없다. 더 이상 도망갈 길이 없는 막다른 길에 몰아넣었다 싶은 순간에는, 옆에 있는 건물로 쑥 들어가 다른 길로 도망쳐 버린다.

마음 같아서는 눈에 보이는 모든 담장과 건물들을 죄다 무너트리고 싶은 심정이었다.

하지만 무엇보다 손대명을 화나게 만든 것은 다른 것이었다.

"커억!"

담기령을 놓쳤다 싶으면 울리는 비명 소리. 소리가 들린 쪽으로 뛰어가 봤자, 눈에 들어오는 것은 기절한 채 널브러

234

져 있는 수하들의 꼴사나운 모습이었다.

'이놈들로는 안 돼!'

손대명은 황급히 고개를 내저으며 머릿속으로 환기시켰다. 어차피 수하들의 실력으로 놈을 잡는 것은 무리였다.

그러다 문득 생각이 다른 쪽으로 미쳤다.

'전원이 비어 있다는 것은?'

원래 전원에 있어야 할 사람들이 모두 후원 쪽으로 대피했다는 의미. 손대명이 생각을 정리하는 사이, 화지향주가 달려와 말했다.

"놈이 다시 정문 쪽으로 달아났습니다. 어서 쫓으셔야……."

손대명이 손을 들어 화지향주의 말을 막았다. 그리고 나지막한 목소리로 말했다.

"놈을 쫓는 것은 나와 자네 둘만으로 하세. 남아 있는 수하들을 추슬러 후원 쪽으로 보내."

화지향주는 단번에 그 말을 이해했다. 무공이 가장 높은 두 사람이 담기령을 상대하고, 나머지는 후원을 장악해 인질이라도 잡자는 뜻이었다.

"놈이 아무리 잽싸게 도망쳐도 일단 후원을 장악하면 어쩔 수 없을 걸세."

"알겠습니다."

대답을 한 화지향주가 재빨리 수하들이 있는 방향으로 달렸다. 그리고 손대명은 담기령이 달아났다는 정문 쪽으로 방향을 잡고 뛰었다.

정문 쪽으로 달리던 담기령이 급히 걸음을 멈추며 주변을 둘러보았다. 방금 전까지만 해도 사방에서 쫓아오던 철문방 무인들이 더 이상 보이지가 않았다.

손대명이, 전원이 비어 있고 전원에 있어야 할 사람들이 후원으로 대피했다는 사실을 이제야 눈치챘다는 뜻이었다.

'조금 늦은 감이 있지만, 덕분에 시간을 좀 벌었군.'

담기령이 고개를 끄덕이는 사이, 전각들 사이에서 빠져나와 이쪽으로 다가오는 손대명과 화지향주의 모습이 보였다.

'이제 마무리하면 되겠어.'

"우리를 배신하다니!"

장건위가 벌겋게 충혈된 눈으로 담유성을 노려보았다. 그런 장건위의 주위에는 처참하게 짓이겨진 시체들이 그득했다. 멀쩡하게 서 있는 감청방도들의 얼굴에는 당혹감만 가득할 뿐이었다.

함정이었다. 그것이 없는 곳으로 안내하겠다던 담유성이 오히려 함정이 있는 곳으로 자신들을 이끌고 와 함정을 발동시킨 것이었다.

대단할 것은 없지만 효과는 확실한 함정. 피할 틈도 없이 굴러 떨어져 내리는 수많은 바윗덩이들의 돌격이었다.

236

권일이 철문방 무인들을 끌어들인 곳의 함정은 아침나절 급조한 것이었다. 적당히 구멍을 파고 물을 부어, 움직임에 제약을 가하는 정도의 효과밖에 없는 것이었다.

반면, 담유성이 발동시킨 함정은 왜구들의 침입에 대비해 오래전부터 준비해 놓고 수시로 점검을 했던 것이었다. 그 효과가 엄청난 것은 당연한 일이었다.

장건위의 외침에 담유성이 스스로를 비웃듯 말했다.

"원래 한 번 배신하면, 두 번도 할 수 있는 법이지."

차앙!

"죽여주마!"

장건위가 사납게 외치며 담유성을 쳐다보았다. 담유성 역시 칼집에서 칼을 뽑으며 비탈 아래를 살폈다.

함정에 걸리기는 했지만 감천방도 이백여 명을 모두 없앤 것은 아니었다. 조금도 대비하지 않다가 당한 일이라 꽤 많은 감천방도들이 죽었지만, 아직 멀쩡하게 살아 있는 자도 칠십여 명은 되어 보였다.

'혼자서 백삼십 명을 없앴으면 충분한가?'

하지만 이내 고개를 저었다. 기필코 저들을 막아주리라 마음먹었다. 그것이 지은 죄에 대한 속죄의 길이었다.

어차피 살아 돌아갈 생각은 없었다. 그런 죄를 지었는데도, 자신과 가족을 위해 길을 만들어준 형님의 마음에 보답하는 방법은 하나였다.

저들 모두를 죽일 수는 없겠지만, 죽는 순간까지 저들의 앞을 막아주리라.

"후읍!"

크게 숨을 들이켰다.

"흐아아앗!"

절규에 가까운 기합과 함께 담유성의 신형이 비탈을 따라 쏘아져 내려갔다.

'도대체 이게 무슨 조화란 말인가?'

손대명의 얼굴에 가득했던 노기는 더 이상 찾아볼 수 없었다. 한눈에 봐도 긴장한 기색이 역력하고, 얼굴에는 식은 땀이 가득했다.

세 개의 인영이 요란한 소음을 울리며 한데 어우러지고 있었다. 전신에 흑야를 걸친 담기령을 사이에 두고, 손대명과 화지향주 왕사문이 기를 쓰며 공세를 퍼붓고 있었다.

손대명의 장검이 빈틈을 노리고 찔러 들어가는 순간 담기령이 손바닥으로 장검의 검배를 받치듯 쳐올리더니, 그대로 말아 쥐듯 검신을 붙들고 방향을 꺾어 버린다. 동시에 측면에서 베어오는 왕사문의 거치도를 무릎을 들어 튕긴다.

"큭!"

입에서 저절로 옅은 신음이 튀어나온다. 황급히 거리를 벌린 손대명과 왕사문이 무기를 쥔 채 어깨까지 들썩이며 호흡을 골랐다.

벌써 수십 합을 주고받았지만 똑같은 상황의 반복일 뿐이었다. 저 시커먼 갑주와 놈의 기묘한 권각을 뚫을 방법이 없었다. 마치 아무리 절대 깨지지 않을 방패를 두드리며 헛힘만 쓰는 듯한 기분이었다.

"타앗!"

손대명이 기합과 함께 재차 앞으로 쏘아져 나갔다. 그것이 신호라도 된 듯 왕사문 역시 중심을 낮게 깔며, 담기령의 다리를 잘라 버릴 듯 거세게 도격을 날린다.

순간, 담기령의 두 눈이 번뜩였다.

'기회!'

도저히 틈을 잡을 수 없어 방어에만 치중하던 차였다. 그런데 마음이 조급해진 손대명으로 인해 틈이 만들어졌다. 절대 놓칠 수 없는 순간.

앞으로 들이민 것은 머리, 정확하게는 머리에 쓰고 있던 투구였다.

끼이이익!

투구로 날아드는 검격의 방향을 틀어 버린 순간, 담기령은 그대로 무릎을 꿇었다. 정확하게는 바닥을 휩쓸며 횡으로 날아드는 왕사문의 거치도의 궤적을 향해.

쿠웅!

거센 소리와 함께 왕사문의 거치도가 땅바닥과 담기령의 무릎 사이에 정확하게 끼었다.

"헙!"

깜짝 놀란 왕사문이 황급히 칼을 회수하려는 순간, 담기령의 신형이 핑그르 돌고 있었다.

뻐억, 으적!

흑야는 전신을 감싸는 갑옷이다. 당연히 발 또한 감싸고 있었고, 그 발에 턱을 걸어차인 왕사문은 그대로 혼절하고 말았다.

"이놈이!"

그사이 손대명이 튕겨 나간 검을 재빨리 갈무리한 후 다시 한 번 담기령의 얼굴을 향해 찔러 들어갔다. 흑야로 가려지지 않는 유일한 곳이 바로 얼굴이기 때문이었다.

'절대 당하지 않겠다!'

이를 악물었다. 막는다 해도 끝까지 찔러 넣어, 저 면상에 박아 넣고 말리라. 어디서 그런 힘이 솟구쳤는지 검신에 맺힌 아지랑이가 한층 짙어졌다.

하지만 손대명의 검격은 헛되이 허공을 찔렀다. 담기령이 검격을 막는 대신 그대로 바닥을 구른 탓이다. 그리고 손대명의 품 안에서 멈춰선 담기령의 손에는, 왕사문의 거치도가 쥐어져 있었다.

"헙!"

장검을 뻗고 있는 자세에서 품 안에 누군가가 들어왔다는 건, 온몸을 드러내고 있는 것이나 마찬가지. 유일한 무기는 놈의 얼굴을 쳐 올릴 수 있는 무릎이었다.

하지만 그보다 담기령이 훨씬 더 빨랐다.

빠악, 으드득!

방금과 비슷한 소리가 울려 퍼졌다. 담기령이 그대로 몸을 일으키며 투구를 쓴 머리로 손대명의 가슴팍을 들이받은 것이다.

"커헉!"

가슴이 뻐근해지고 숨이 턱 막혔다. 몸뚱이는 손대명의 의지와는 상관없이 그대로 뒤로 튕겨져 나가고 있었다.

그 뒤를 담기령이 급히 따라붙었다. 손대명이 뭔가를 시도할 아무런 방법도, 시간도 없는 순간.

슈아아악!

섬뜩한 파공성이 손대명의 귓바퀴를 할퀴었다.

날아든 것은 담기령이 바닥을 구르며 집어 들었던, 왕사문의 거치도.

찰나의 순간, 소리가 들린 쪽으로 눈동자를 움직인 손대명의 시야에 담긴 것은, 짙은 도기를 머금은 칼날이었다.

푸우욱!

거치도는, 거치(鋸齒)라는 이름 그대로 톱니가 달린 칼, 다시 말해 톱 형태의 칼이라는 뜻이다.

그 톱니가 그대로 손대명의 목에 틀어박혔다.

"크르륵!"

비명을 토할 사이도 없이 입에서 피거품이 쏟아졌다. 하지만 담기령의 행동은 아직 끝난 것이 아니었다.

스걱!

섬뜩한 소음과 함께 둥그런 무언가가 그대로 허공으로 치솟았다.

동시에 사방으로 피분수가 뿜어졌지만, 담기령은 이미 뒤로 물러나 그 범위에서 벗어나 있었다.

쿠웅!

묵직한 소리와 함께 넘어진 손대명의 목 없는 시신이, 벼락이라도 맞은 듯 부르르 떨더니 이내 움직임을 멈춘다.

"후우!"

짧게 숨을 고른 담기령이 한쪽에 나동그라져 있는 손대명의 잘린 머리를 집어 들었다. 그리고 장원 안쪽을 향해 급히 걸음을 옮겼다.

몇 개의 문을 지난 담기령이 장원을 완전히 가로지르는 길고 높은 담이 보이는 곳에 멈춰 섰다.

장원에는 여러 개의 전각과 그것들을 둘러싼 담들이 있었는데, 그중에서 가장 견고하고 높은 것이 장원 전체를 감싸는 외벽이었다. 그리고 두 번째가 전원과 후원을 구분 짓는 담장이었고, 지금 담기령이 보고 있는 것이 바로 그것이었다.

담장 위에는 서른 명가량의 궁수들이 팽팽하게 시위를 당긴 채 아래쪽을 겨누고 있었다. 그리고 그들이 겨누고 있는 곳에는, 담씨세가의 외당 무인들이 한 떼의 사람들을 포박하고 있었다. 그리고 드문드문 화살에 맞아 죽은 시체들도 보였다.

아까 손대명이 보낸, 화지향 소속의 무인들이었다. 담기령을 쫓아 장원 안으로 들어온 철문방의 무인들은 그리 많지가 않았고, 그마저도 담기령의 손에 기절하는 바람에 꽤나 줄어 있었다.

멀쩡하게 돌아다닐 수 있는 인원은 겨우 서른 명 남짓. 손대명이 후원으로 보낸 무인의 수였다.

그리고 그들을 맞이한 것은, 담장의 후원 쪽에 몸을 숨기고 있다가 올라선 담씨세가 숭인향의 무인들이었다. 권일과 함께 화풍향과 화수향 무인들을 상대하던 스무 명을 제외한 모두가 이곳에서 대기하고 있었던 것이다.

서로의 실력 차이가 크지 않은 상황에서 활로 위협을 하고 있으니 움직일 수 없는 것은 당연한 일이었다. 물론 반항한 몇 명이 있었지만, 날아든 화살들에 시체가 되었다.

그렇게 움직일 수 없게 된 화지향 무인들을 포박하고 있는 이들은, 열 명의 순지향 무인들이었다.

"다음!"

백우섭의 외침에 한 명씩 무기를 버리고 앞으로 나와 순순히 포박을 받고 있었다.

"형님, 괜찮으십니까?"

그때 뒤쪽에서 들린 소리에 고개를 돌리던 담기령이 흠칫한 표정을 지었다. 두 명의 외당 무인이 들것을 들고 있었는데, 그 위에 담기명이 바지를 온통 시뻘겋게 물들인 채 누워 있었던 것이다.

"괜찮으냐?"

급히 다가가 걱정스레 묻는 담기령을 향해, 담기명이 창백한 얼굴로 웃으며 대답했다.

"괜찮습니다."

"지혈은?"

"일단 금창약을 뿌리기는 했습니다만, 크게 소용이 없는 듯하여 마을로 의원을 부르러 갔습니다."

담기령이 고개를 끄덕이고는, 다친 담기명의 다리 아래에 자신의 투구를 벗어 괴어 주었다. 상처 부위 위쪽을 단단히 동여매기는 했지만 창백한 낯빛을 보니 출혈량이 아주 많은 것 같아, 조금이라도 출혈을 줄이려는 생각이었다.

"그래. 얼른 들어가 쉬고 있어라."

동생에게 그리 말한 담기령이 들것을 든 외당 무인들을 향해 말했다.

"가능한 움직이지 않도록 하고, 다리 아래에 괴어 놓은 투구는 계속 그대로 두게. 그리고 동여맨 끈을 너무 오래방치 하지 말고, 잠깐씩이라도 풀어 주도록 하고."

"예!"

대답과 함께 급히 후원으로 달려 들어가는 외당 무인들을 잠시 지켜보던 담기령이, 갑자기 무언가에 생각이 미친 듯 백우섭을 향해 다가갔다.

"백 향주."

수하들에게 이런저런 지시를 하던 백우섭이 뒤를 돌아보더니 빠르게 다가왔다.

"예, 소가주님."

"아버지께서는 어디 계십니까?"

그 말에 백우섭이 장원의 뒤쪽을 가리키며 말했다.

"외당 당주를 도우러 가셨습니다."

대답을 들은 담기령이 저도 모르게 멈칫하더니 물었다.

"혹시 순지향의 다른 무인들을 모두 데리고 가셨습니까?"

원래 담기령의 계획은, 순지향이 신속하게 장원 내부를 정리한 후 권일을 도우러 가는 것이었다.

"예."

당연하다는 듯 대답하는 백우섭의 말에 담기령이 백우섭에게 급히 말했다.

"일단 장원 안에 남아 있는 놈들은 모두 포박하시고, 정리해 주십시오. 저는 먼저 가보겠습니다."

"알겠습니다."

산비탈 곳곳에 시체가 즐비했다. 비탈 곳곳에는 시체에서 흘러내린 핏줄기가 모여, 경사를 따라 구불구불한 작은 골을 내고 있었다.

그리고 그 가장 중심에 담고성이 무릎을 꿇은 채, 쓰러져 있는 담유성을 부둥켜안고 있었다.

"죄송합니다, 형님."

담유성의 사그라져 가는 목소리에 담고성은 아무런 말도 하지 못했다.

"그리고 감사합니다."

담고성이 눈물 섞인 목소리로 힘겹게 대답했다.

"내가 해줄 수 있는 것이 그것밖에 없어 미안하구나."

"저의 죄였습니다."

담유성은 아무렇지도 않은 듯 편안한 표정으로 대답했다. 그러다 뭔가 안타까운 표정으로 말을 이었다.

"안사람과 기천이에게는 미안하다 전해주십시오."

담고성이 이를 악문 채 고개를 끄덕였다. 제수와 종질에게 또 어떻게 이야기를 해야 할지 그 또한 막막했지만, 그보다는 당장 눈앞에서 숨이 끊어져 가는 사촌 동생의 모습이 안타깝고 가슴이 먹먹하다.

"그럼 죄 많은 동생은 이만……."

마지막 인사와 함께 담유성이 조용히 눈을 감았다.

동생의 죽음을 실감한 담고성의 두 눈에서 뜨거운 눈물이 흘러내렸다.

"다가오면 이놈의 목숨은 없다!"

권일이 자신의 목 어림에 칼을 들이댄 채 외쳤다. 정확하게는 등에 업혀 있는 장운담을 겨눈 칼이었다.

그런 권일을 백여 명의 철문방 무인들, 화풍향과 화수향 무인들이 둘러싸고 있었다.

"그런 짓을 했다가는 네놈 또한 무사할 줄 아느냐?"

"무사하지 않겠지. 하지만 네놈들은?"

권일이 조금도 주눅 들지 않은 표정으로 외쳤다. 그 말에 화풍향주가 와락 인상을 찡그렸지만, 더 이상 권일을 도발하지도 않았다.

소방주가 죽는다면, 자신들 역시 방주의 진노를 감당할 수 없으리라.

화풍향주는 난감한 표정으로, 저 아래 산 밑에 있는 담씨세가의 장원 쪽을 힐끗 보았다.

벌써 이각째 이어지고 있는 지루한 대치 상태였다.

화수향주는 비탈 아래쪽과 장운담을 번갈아 보며 고개를 갸웃거렸다.

'불길한데?'

소방주를 업고 있는 놈을 쫓는 사이, 넘어지고 굴렀던 수하들이 쫓아오지 않고 있다는 사실을 깨달은 것은 조금 전의 일이었다.

게다가 소방주를 업고 있는 놈의 표정이 너무 담담했다. 아무런 걱정도 없는 듯한 표정.

그러다 갑자기 머릿속에 번뜩하고 떠오르는 것이 있었다.

'뭔가를 기다리고 있다!'

그렇지 않다면, 장운담이라는 아주 훌륭한 인질을 데리고 있으면서도 도망갈 생각도 없이 서 있기만 할 리가 없었다.

그리고 화수향주의 불길한 생각이 곧 현실이 되었다.

"모두 무기를 버려라!"

우렁찬 외침과 함께 한 떼의 인영들이 숲에서 모습을 드러낸 것이었다. 바로 윤명산과 그가 이끄는 율천향 무인들이었다.

빠르게 숲에서 튀어나온 율천향 무인들이, 철문방 무인들을 크게 둘러싼 후 활을 당겼다.

"무기를 버리고 순순히 포박을 받아라!"

윤명산의 외침과 동시에 한가운데 있는 권일의 외침이 이어졌다.

"한 놈이라도 반항하는 순간, 이놈의 목이 날아간다는 사실을 명심해라."

화풍향주와 화수향주가 동시에 서로를 보며 시선을 마주쳤다. 그리고 서로를 향해 결연한 표정을 짓는다. 절대 놈들의 말에 따르지 않겠다는 생각.

그 모습을 본 윤명산이 두 사람을 향해 외쳤다.

"감천방도들은 모두 죽었고, 손대명 또한 죽었다. 순순히 포박을 받는 것이 유일한 살 길이다."

화풍향주가 버럭 소리를 질렀다.

"어디서 흰소리냐? 네깟 놈들에게 당할 당주님이 아니

다! 너희야말로 죽기 싫으면 당장 소방주님을 풀어드려라!"

다시 지루한 대치 상태가 이어졌다. 누구도 섣불리 나서지 못한 채 서로를 노려보기만 할 뿐이었다.

짙은 긴장감이 사방으로 퍼지고, 무거운 적막이 깔렸다.

그렇게 다시 이각의 시간이 흘렀을 때였다.

툭!

갑자기 무언가가 포물선을 그리며 날아와 화풍향주와 화수향주의 발치에 떨어졌다.

"헉!"

흠칫 뒷걸음질 치다, 뭔가 싶은 표정으로 시선을 내리던 두 사람의 얼굴이 동시에 경악으로 물들었다.

"다, 당주!"

"손 형님!"

불신 가득한 목소리로 외치는 두 사람의 귓전으로 담담한 목소리가 파고들었다.

"이제 결정을 내려라."

황급히 고개를 들어 보니, 온몸에 시커먼 갑주를 걸친 사내가 자신들을 포위하고 있는 무인들 사이로 걸어오는 모습이 보였다. 그리고 사내의 모습을 살피던 두 사람의 표정이 또 한 번 경악으로 물들었다.

"왕 향주의 거치도가!"

사내의 손에 들린, 피가 묻은 왕사문의 거치도를 본 탓이었다. 세상에 거치도가 왕사문의 것밖에 없는 것은 아니었지만, 오랜 시간 함께 지낸 사람의 물건이기에 두 사람은 그것을 단번에 알아볼 수 있었다.

그사이 담기령이 여전히 담담한 목소리로 말했다.

"결정을 해라."

고저 없는 목소리였지만, 두 사람에게는 소름 끼치도록 두려운 목소리로 다가왔다.

꿀꺽!

화풍향주와 화수향주가 마른침을 꿀꺽 삼키며 다시 한 번 서로 시선을 마주쳤다. 이번에는 서로의 얼굴에서 짙은 갈등을 읽어낸다.

"후우!"

먼저 긴 한숨을 내쉬며 어깨를 늘어트린 사람은 화풍향주였다. 그리고 손에 든 장검을 내팽개쳤다.

쩔그렁.

뒤이어 화수향주의 방천극이 바닥으로 떨어졌다.

상관이 무기를 버렸는데 수하들이 괜히 나서서 반항할 이유가 없었다.

요란한 쇳소리가 한가득 울리며 백여 개의 병장기들이 바닥으로 흩어졌다.

"한 명씩 앞으로 나와라!"

윤명산이 그렇게 외치며 화풍향주를 가리켰다.

'다행이군.'

담기령은 속으로 가슴을 쓸어내리며 안도의 한숨을 내쉬었다. 상황이 자신의 원래 계획과는 다르게 흐른 탓이었다.

율천향과 순지향 무인 백 명이 빠르게 장원 내부를 정리한 후, 장원에 남아 있던 승인향 서른 명의 무인들까지 한꺼번에 권일을 도우러 오는 것이 원래의 계획이었다.

그 정도 인원이라면, 눈앞에 있는 백여 명의 무인들을 모두 제압하지는 못해도 포위한 채 시간을 끄는 것은 가능하기 때문이었다.

그런데 담고성이 중간에 계획을 바꾸는 바람에 일이 틀어졌고, 율천향 무인 오십 명만으로 저들을 포위해야 했던 것이다.

백삼십 명이 포위하는 것과 오십 명이 포위하는 것은, 당하는 입장에서는 아주 큰 차이였다. 오십 명 정도라면, 동귀어진을 각오하고 발악을 할 수도 있기 때문이었다.

그런데 다행스럽게도 화풍향주와 화수향주는 결사항전을 택하지 않았고, 덕분에 담기령이 시간 안에 도착할 수 있었던 것이다.

'아버지께서는 좀 더 냉정해지실 필요가 있겠어.'

담기령은 속으로 그렇게 생각을 하며, 철문방 무인들이 포박당하는 광경을 살폈다.

'이제 철문방주에게 이번 일의 책임을 묻는 것만 남았군.'

철문방과 감천방의 육백여 무인들과 백오십 명의 담씨세

가 무인들 사이에 벌어진 전투는 그렇게 마무리되었다.

철문방과 그 주구인 감천방의 전사자가 삼백오십여 명, 그 외 이백오십여 명이 포로가 되었다.

담씨세가의 전사자는 한 명, 그리고 부상자가 한 명이었다.

9장
전쟁 배상금

중원대륙의 주인인 명(明) 황조가 백성들을 다스리는 가장 작은 단위는 현(縣)이다.

몇 개의 마을이 모여 하나의 현을 이루고, 이 현들이 모여 다시 부(府)를 이룬다. 그리고 부가 모여 하나의 성(省)을 이루는 구조였다.

절강성에는 모두 열 개의 부가 있었는데, 그중 하나인 구주부는 절강성 서쪽 끝에 위치하고 있었다. 북서쪽으로는 남직례와 남서쪽으로는 강서성과 경계를 맞대고 있는 곳으로 총 다섯 개의 현으로 이루어진 곳이었다.

그 구주부의 패자가 바로 철문방이었다.

"아직도 연락이 없단 말이냐!"

딱딱하게 날선 목소리가 큼직한 방 안에서 울려 퍼졌다.

날카로운 눈매에 탐스러운 수염을 기른 사십대 중반의 사내가 복잡한 표정으로 좌중을 둘러보았다. 철문방의 현 방주인 섬뢰검 장부동이었다.

그 말에 취의청 탁자에 모여 앉은 이들이 하나같이 딱딱한 표정을 지으며 슬쩍 눈동자를 돌려 서로의 눈치를 살핀다.

오늘만 해도 벌써 열 번을 넘게 대답한 말이니, 똑같은 대답을 들려줄 수가 없었던 것이다.

"왜 대답이 없는가!"

장부동이 답답한 표정으로 버럭 소리를 지르며 대답을 재촉했지만 모두들 고개를 숙일 뿐 아무런 말이 없다.

소방주를 구하고, 담씨세가를 장악한 후 다시 연락드리 겠습니다.

철화당주 손대명이 전서구를 통해 보낸 서신을 받은 지가 벌써 엿새 전이었다. 그런데 그 뒤의 서신이 없었다.

그 대신 소문이 먼저 장부동의 귀에 들어왔다.

담씨세가를 삼키려고 욕심을 냈던 철문방이 육백여 무인들을 보냈지만, 그중 누구도 살아남지 못했다는 내용의 말도 안 되는 소문이었다.

하지만 며칠째 날아오지 않는 소식은 그 소문에 신빙성을 더해주고 있었다.

그때 장부동과 가장 가까운 곳에 앉아 있던 사내가 조심스레 말을 꺼냈다.

"장주님."

"말하게."

"여기에서 이럴 것이 아니라 일단은 움직이시지요."

"움직이자고?"

"이미 방도들을 소집해 언제든지 용천현으로 떠날 준비를 해놓지 않았습니까? 답답해하시느니 우선은 움직이는 것이 좋지 않겠습니까?"

"정황을 살피러 새로 사람을 보냈으니 준비만 해놓고 일단은 기다려 보자고 말했던 이가 철기당주가 아닌가. 이제 와서 그런 말을 하는가?"

장부동의 추궁에 철기당주가 살짝 고개를 숙인 후 말을 이었다.

"그때는 조금 시간에 여유를 두어도 괜찮다 생각했습니다만, 소문이 점점 좋지 않게 변하고 있으니 일단은 우리가 행동을 하는 것이 좋을 것 같습니다."

"크음!"

장부동이 마음에 들지 않는다는 듯 인상을 찌푸렸다. 그때 갑자기 밖에서 다급한 외침이 들려왔다.

"방주님!"

"무슨 일이냐?"

"누, 누가 찾아왔습니다!"

장부동의 얼굴이 한층 더 일그러졌다. 이런 시기에 누가 찾아왔다는 것도 짜증스럽지만, 그걸 돌려보내지 않고 여기까지 이야기를 가지고 들어오다니.

"지금이 어느 때인데 사람이 찾아왔다 떠들어대느냐! 당장 돌려보내라!"

"그, 그것이 담씨세가에서……."

"뭐?"

지금 상황에서 찾아올 담씨세가라면 한 군데밖에 없었다. 소문의 근원지이자, 연락이 돌아오지 않는 용천현의 담씨세가.

"들어오라!"

장부동의 외침에 문이 열리고, 무인 하나가 쭈뼛거리며 안으로 들어와, 장부동에게 한 장의 배첩을 내밀었다.

용천현 담씨세가 소가주 담기령.

배첩을 확인한 장부동이 무인에게 물었다.

"그래 몇 명이나 왔느냐?"

"혼자입니다."

"혈혈단신으로 이곳을 찾아왔단 말이냐?"

"예, 상자 두 개를 들었을 뿐, 홀로 왔습니다."

"크음……."

장부동이 미간에 잔뜩 주름을 접었다. 도대체 무슨 의도로 이곳까지 홀로 찾아왔단 말인가.

그때 철기당주가 조심스레 말했다.

"저희 소문을 듣고 찾아온 협잡꾼일 수도 있습니다."

"그럴 수도 있겠지."

하지만 장부동은 그런 가능성에 대해서는 일단 접어두었다. 사기를 치러 온 것이라면 사람이라도 잔뜩 사서 우르르 몰려왔을 것이다.

"일단 객청으로 안내해라."

철컥, 철컥!

연달아 울려 퍼지는 쇳소리에 철문방 무인 하나가 연방 뒤를 돌아보았다. 그런 무인의 시야에 들어온 것은, 온몸에 시커먼 갑주를 걸치고 있는 한 사내였다.

하지만 살짝 인상만 찌푸릴 뿐 뭐라고 말을 하지는 않았다. 자신이 안내하는 자가 누구인지 잘 알기 때문이었다.

"흐음."

무인이 연신 자신을 돌아보았지만, 담기령은 그쪽으로는 눈길도 주지 않은 채 느긋한 표정으로 장원 내부를 훑었다.

장원 곳곳에 무인들이 무리를 이룬 채 무언가를 기다리는 표정으로 앉아 있었다. 하나같이 긴장한 표정인 걸로 보아 필시 담씨세가와 관련이 있는 일이리라.

'늦지 않게 도착해서 다행이군.'

담기령이 세가를 나선 것은, 철문방과의 전투가 마무리된 다음 날이었다.

담고성과 담기명이 절대 안 된다며 고개를 내저었지만, 담기령은 뜻을 굽히지 않았다. 자칫하면 철문방과의 전면전이 벌어질 수도 있는 상황이었고, 그리될 경우에는 승리를 장담할 수 없는 탓이었다.

철문방에서 다음 움직임을 보이기 전에 도착하여 협상을 해야 했다.

물론 무슨 일이 있어도 빠져나올 수 있다는 자신감이 있기에 할 수 있는 행동이기도 했다.

그렇게 외당의 기응천만 대동한 채 길을 떠난 것이 닷새 전의 일이었다. 거리 자체가 멀지는 않았지만, 두 개의 산을 넘어야 하는데다 강까지 건너는 험한 길이라 말을 갈아타며 움직였음에도 닷새나 걸린 것이었다.

그리고 지금은 기응천을 구주부 부도(府都)의 어느 객잔에 숨어 있게 한 후, 홀로 이곳을 찾아왔다.

"이곳이오."

이런저런 생각을 하며 걷던 중 앞서 가던 무인의 말에 고개를 들어 보니, 커다란 전각 하나가 눈에 들어왔다. 철문방의 손님을 맞이하는 객청이었다.

담기령은 잠시 발을 멈춘 채 슬쩍 주변을 살폈다. 그리고 피식 미소를 짓는다. 객청을 중심으로 미세한 기적들이 잔뜩 몰려 있는 것이 느껴졌기 때문이었다.

하지만 담기령은 신경 쓰지 않는 듯 거침없이 걸음을 옮겼다.

"멈추시오."

그때 객청 앞에 서 있던 세 명의 무인이 담기령의 앞을 막아섰다. 그리고 담기령이 묻기도 전에 용건을 말했다.

"무기를 소지한 채 들어갈 수 없소."

"무기?"

담기령의 반문에 한 사내가 담기령이 들고 있는 두 개의 상자 중 길쭉한 상자를 가리키며 말했다.

"그건 누가 보아도 검이 들어 있을 것으로 보이는데 무기가 아니라 말할 작정이오?"

"무기가 맞기는 하지만, 이건 그쪽 방주께 드리는 선물이지."

"그렇다면 우리가 먼저 확인을……."

사내가 손을 내밀며 뭐라 말을 하려는데, 객청 안쪽에서 묵직한 목소리가 들려왔다.

"그냥 안으로 안내하라!"

그 말에 세 사내가 재빨리 좌우로 움직이며 길을 터주었고, 담기령이 피식 웃으며 객청 안으로 걸어 들어갔다.

'살벌하군.'

안으로 들어서자마자 담기령을 맞이한 것은, 온몸이 저릿해질 정도로 싸늘한 살기였다. 하지만 담기령은 짓고 있던 미소를 잃지 않고 편안한 신색으로 객청 안을 살폈다.

객청의 중앙에 탁자가 하나 놓여 있었고, 그곳에 한 중년 사내가 앉아 있었다. 그리고 그 사내의 뒤쪽으로 십여 명의 무인들이 살벌한 눈빛으로 담기령을 노려보고 있었다.

그러거나 말거나, 담기령이 슬쩍 포권을 하며 인사를 건넸다.

"처주부 용천현의 담씨세가에서 온 담기령이오. 어느 분이 철문방의 장 방주이시오?"

그 말에 탁자에 앉아 있던 사내가 담기령의 전신을 훑어보며 입을 열었다.

"내가 철문방의 장부동이다."

"손님에게 자리도 권하지 않는 것이 철문방의 예법이오?"

"그전에, 네놈이 진짜 손님이라는 걸 증명해야 할 것이다."

"하하, 그야 어렵지 않지."

가볍게 말을 받은 담기령이 들고 있던 물건 중 기다란 상자를 들어 올렸다. 그리고 아무런 예고도 없이 수평으로 상자를 날렸다.

터억!

빠른 속도로 날아가던 상자는, 철문방주가 내민 손바닥에 우뚝 멈춰 섰다.

"이, 이건!"

조심스레 상자의 뚜껑을 연 철문방주가 두 눈을 부릅뜬 채 상자의 내용물을 노려보았다. 상자 안에는 장운담의 애병 혈린검이 가지런히 놓여 있었던 것이다.

"이것도 받으시오."

뒤이어 담기령이 손에 들고 있던 또 하나의 상자를 날렸다.

"헉! 처, 철화당주!"

두 번째 상자를 연 철문방주의 얼굴이, 아니, 철문방주는 물론 뒤에 서 있던 모든 사내들의 얼굴이 경악으로 물들었다. 상자 안에는 손대명의 잘린 목이 들어 있었던 것이다.

"네놈이 감히!"

철문방주가 버럭 소리를 지르며 담기령을 노려보았지만, 담기령은 여전히 짙은 미소를 지은 채 말했다.

"덤벼오는 적과 싸우지 말고 죽었어야 한다는 말을 하려는 게 아니라면 이제 그만 손님에 대한 예의를 보여줬으면 하오."

자신들의 기세에도 조금도 주눅 들지 않는 담기령의 모습에 철문방주가 인상을 찡그리면서도 고개를 끄덕였다.

"앉아라."

"감사하오."

철컥, 철컥!

모든 이들이 입을 앙다문 채 담기령을 노려보는 사이, 담기령의 갑주에서 울리는 쇳소리만이 객청 안에 조용히 울려 퍼졌다.

"자, 그러면……."

자리에 앉은 담기령이 마주 앉은 철문방주를 보며 말했다.

"나도 이제 진짜 철문방주와 이야기를 하고 싶소."

"헙!"

담기령의 말에 철문방주, 아니, 스스로를 철문방주라 소개했던 철기당주가 저도 모르게 헛바람을 집어삼켰다.

그러거나 말거나 담기령은 철기당주 뒤쪽에 서 있는 사내들을 훑어보며 말을 이었다.

"구주부의 패자라는 철문방주께서 이 정도로 담이 작은 분인 줄은 몰랐소. 더 이상 이야기할 게 없다면, 선물도 전한 마당이니 나도 이만……."

담기령이 일어서려는 듯 탁자를 손으로 짚는 순간, 철기당주 뒤쪽에 서 있던 사내들 중 하나가 앞으로 나섰다.

"내가 철문방주 장부동이다."

풍성한 수염을 기른 날카로운 눈매의 사내, 장부동이 담기령을 노려보며 말했다.

담기령의 입가에 보란 듯이 비틀어진 미소가 걸렸다.

"크흐흐, 이번에는 진짜 장 방주이길 바라오."

담기령은 웃고 있는 표정과는 달리, 속으로는 가슴을 쓸어내리고 있었다.

'운이 좋았어.'

말 그대로다. 혈린검이 담긴 상자를 던졌을 때, 스스로를 철문방주라 밝힌 사내가 상자를 받으면서 뻗은 손을 확인할 수 있었던 것은 분명 운이었다.

철문방주 장부동의 무기는 검이었고, 알려진 별호 역시 섬뢰검이었다. 하지만 자칭 철문방주의 손에 박혀 있는 굳은살은 도검을 쓰는 이의 손이 아닌, 권장을 장기로 하는 이의 손이었던 것이다.

그것을 의도하고 상자를 던진 것은 아니었지만, 어쨌든 찰나의 순간에 알아낸 사실은 담기령에게는 충분히 유리하게 작용할 수 있는 일이었다.

그사이 철기당주가 물러나고, 자리에 앉은 장부동이 담기령을 향해 물었다.

"그래, 담씨세가에서 여기까지 무슨 일인가?"

순간 담기령은 저도 모르게 배에 잔뜩 힘을 주며 주먹을 불끈 쥘 수밖에 없었다.

'큭, 확실히 졸자들과는 다르다 이건가?'

말을 하는 동시에 장부동에게서 뻗어 나온 살기에 심장이 오그라드는 듯한 느낌을 받은 탓이었다.

무공의 수준이 올라가면, 단순히 뿜어내는 기세마저도 실체를 가진 기운이 될 수 있는 법. 장부동의 경지가 그 정도까지는 아니었지만, 어지간히 담이 큰 담기령이 저도 모르게 머릿속이 하얗게 변할 정도의 수준은 되었다.

'절정을 넘어, 초절(超絶)로 접어드는 과정이라는 건가?'

단순한 추론이었지만 담기령은 그렇게 결론을 내렸다. 다소 과대평가된 부분이 있을 수도 있지만, 상대를 얕잡아 보는 것보다는 그쪽이 나았다.

담기령은 급히 공력을 끌어올려 뒤흔들린 사고를 차분하게 가라앉힌 후, 겉으로는 태연한 척 대답을 했다.

"일단 결과를 알려주러 왔소."

"결과?"

"상자에 담아 드린 선물을 확인했으니, 철문방이 담씨세가에 저지른 비열한 행태의 결과는 확인하였을 거요."

"뭣이!"

담기령의 다분히 의도적인 표현에 장부동이 버럭 소리를 지른다. 동시에 아까의 그 살벌한 기세가 또 한 번 담기령의 긴장감을 뒤흔들었으나, 이번에는 미리 대비를 하고 있었기에 담담하게 말을 이을 수 있었다.

"덩치 좋은 어른이, 아직 자라지도 못한 어린아이의 입에 물려 있는 당호로를 뺏어 먹으려 드는데, 그게 비열하지 않다면 뭐라 해야 하오?"

"이놈이 감히!"

장부동이 부르르 주먹을 떨며 당장에라도 달려들 듯 어깨를 들썩인다. 하지만 담기령은 그런 장부동의 두 눈을 직시하며 조금도 흔들리지 않는 표정으로 말했다.

"현재 본 세가에 잡혀 있는 철문방의 포로는 다음과 같소."

"포로?"

생각지도 못한 말에 장부동이 멈칫하며 고개를 갸웃거리고, 대화의 주도권을 가져온 담기령이 말을 이어갔다.

"무인 이백사십삼 명, 향주 세 명, 마지막으로 소가주 장운담까지 총 이백사십칠 명이오."

"그래서 뭘 어쩌자는 거냐?"

지금까지 단 한 번도 겪어본 적이 없는 대화의 흐름에 장운담은 저도 모르게 당혹스러운 표정을 지었다.

"그 포로들을 송환하는 조건으로, 철문방이 이번 일로 담씨세가에 입힌 피해에 대한 배상금을 요구하오."

"뭐, 뭐라?"

장부동은 갑자기 머릿속이 복잡해지는 느낌을 받았다. 자신이 아는 한도 내에서 이런 식으로 일이 마무리되는 경우가 있었는지 머리를 쥐어짜며 기억을 더듬었다.

하지만 역시나 단 한 번도 들어본 적도 없는 일이다. 그런데도 너무 당당하게 요구를 하니 무슨 말을 해야 할지 감이 오지를 않았다.

'생각대로군.'

당황한 기색이 역력한 장부동의 모습에 담기령은 조용히 고개를 끄덕였다.

「전쟁 배상금에 대해서는 아느냐?」

「그럼요. 영주들끼리, 혹은 국가들끼리 전쟁했을 때 이긴 쪽이 진 쪽에 요구하는 돈이잖아요.」

「그래, 하지만 이 할아버지는 이쪽에 와서 처음 알게 된 것이란다.」

「그래요? 중원에는 전쟁 배상금이라는 게 없나 봐요?」

「중원에서의 전쟁은 대부분이 정복을 전제로 한단다. 그러니 한쪽이 멸망할 때까지 하거나, 패전국이 승전국의 속국이 되어 조공을 바치는 형식이 되지.」

「그래도 전쟁 포로 같은 건 있잖아요.」

「대부분의 포로들은 죽이거나, 노비가 되지.」

「우리 담씨세가가 있다던 무림에서도 그래요?」

「무림에서는 포로를 잡는 경우가 드물단다.」

「왜요?」

「서로 시시비비를 가리기 시작하면, 그들 역시도 한쪽이 멸망할 때까지 전쟁을 멈추지 않거든.」

「이상해요.」

「이상할 일은 아니다. 그저 전쟁 배상금이나 포로를 송환한다는 개념이 없으니 당연한 일이지.」

할아버지는 본가나 자신에 대한 것은 심하게 허풍을 쳤지만, 다른 사실들에 대해서는 꽤나 정확한 정보를 알려주었었다. 그리고 담기령은 그것을 이용하기로 마음먹은 것이었다.

담기령이 잠시 생각에 잠긴 동안, 장부동이 뭔가 결정을 내린 듯 입을 열었다.

"거절한다. 나는 내 아들만 돌려받으면 그뿐이다."

담기령이 이미 예상했던 대답이다. 포로를 돌려받아야 한다는 생각 자체를 해본 적이 없으니 당연하다. 그러니 준비했던 말을 들려주었다.

"그래도 괜찮겠소?"

"뭐가 말이냐?"

"철문방에서 자신들의 무인들을 구할 수 있었는데도 구하지 않았다는 소문이 난다면……. 앞으로 철문방에 들어올 무인들이 과연 있을까 이 말이오. 아니, 그전에 이미 철문방 소속인 무인들이 과연 장 방주를 믿고 충성을 하겠소?"

담기령의 말이 채 끝나기도 전에 장부동의 얼굴에 흠칫하는 표정이 스쳤다. 그렇게는 생각해 본 적이 없는 탓이다.

"싸우러 갔다가 이기지 못하면 어차피 똑같은 결과를 얻게 되는데, 과연 누가 목숨을 걸고 싸우겠소? 지게 되면 죽거나, 죽지 않아도 포로가 된 후에 어떤 미래를 맞이할지 모르는데 말이오. 뭐, 사실 우리도 그 포로들을 먹이고 재우고, 다친 이들을 치료까지 하려면 드는 돈이

만만치가 않단 말이오. 그러니 그 돈을 어떻게든 충당하려면, 결국 그들을 노비로 팔거나 저 변방의 부역으로 보내거나……."

길게 이어진 담기령의 부연 설명에 장부동의 낯빛이 붉으락푸르락 변하기 시작했다. 화를 가라앉히기가 힘들었다. 이는 명백한 협박이 아닌가.

하지만 담기령이 한 말은 분명 위협적이었다. 그리고 별다른 감정도 없이 저런 말을 풀어내는 모습을 보니, 충분히 그런 짓을 할 수 있는 놈이었다.

게다가 지금 이곳에는 자신만이 아니라 각 당주급 인사들이 있었고, 객청 입구에 하급 무인들도 있었다. 빨리 대답하지 않는다면 자신에 대한 신뢰가 무너질 판이었다.

"그, 그래서 얼마를 요구하느냐?"

"오산에서 잠채를 준비 중인 은광에서의 철수, 그리고 은자 칠만 냥."

"뭣이?"

"거기에 더해 잠채에 대해 현청에 고할 때, 철문방에 대한 이야기를 함구하는 조건으로 다시 은자 팔만 냥. 도합 십오만 냥이오!"

"이 미친놈!"

장부동이 버럭 소리를 질렀다.

"싫다면, 내 본가로 돌아가는 즉시 포로들은 임의대로 처리하고 오산의 은광은 곧장 현청에 고할 것이오."

"감히 나를 협박하는 것이냐?"

"협상이오."

"이놈이 끝까지!"

장부동이 이를 으드득 갈며 주먹을 부르르 떨었다. 그러다 갑자기 머릿속에 떠오르는 것이 있었다.

'만약 이놈을 사로잡는다면?'

그렇다면 사로잡힌 장운담은 물론 포로로 잡힌 무인들과 교환할 수 있었다.

장부동은 두 눈을 날카롭게 빛내며 차근차근 담기령을 살펴보았다.

새파랗게 젊은 놈이지만 적어도 절정에는 들어선 것으로 보였다. 게다가 철문방의 총타에 홀로 들어왔는데도 조금도 주눅 들지 않는 대담함이 있었다. 마지막으로.

'저 갑주가……'

사실 아까부터 저 갑주가 심히 거슬렸었다. 하지만 갑주 자체가 문제가 되지는 않으리라.

"후우우!"

장부동은 급히 호흡을 가다듬었다. 동시에 단전의 공력을 한껏 끌어올리며 입으로는 조용히 이야기를 이었다.

"그렇다면 만약에……"

"만약에?"

쾅, 우지끈!

말끝을 흐리는 장부동의 행동에 담기령이 그 마지막 말

을 되뇌는 순간, 객청 안에 요란한 소음이 울려 퍼졌다.

가운데 있던 탁자가 쩍 쪼개져 나가는 순간, 장부동은 탁자에서 미끄러지듯 떨어지는 상자를 발로 차올렸다. 그리고 그 다음 순간, 그의 신형은 담기령을 향해 세차게 쏘아져 나가고 있었다.

무시무시한 장력을 품은 손바닥이 바람을 가르며 담기령의 오른쪽 어깨를 두드렸다. 손바닥에 실린 기운은, 흔히 암경이라 불리는 침투경의 일종. 갑주 따위는 무시하고 그 속에 충격을 줄 수 있는 일장이었다.

갑주의 차가운 감촉이 오른쪽 손바닥에 닿는 순간, 장부동의 입가에 회심의 미소가 떠올랐다.

파아아앙!

그리고 그 미소는 나타나기가 무섭게 괴이하게 일그러졌다.

'이, 이건!'

갑주에 일장을 찍는 순간, 갑작스러운 반탄력이 손바닥을 밀어냈다. 그뿐만이 아니다. 어깨가 움찔 떨리는가 싶더니 어느새 담기령의 손바닥이 불쑥 올라와 팔뚝을 밀어 타격 지점을 비틀어 옆으로 흘려 버렸다.

'말도 안 되는!'

순간적으로 머릿속에 무수한 생각이 떠올랐다. 하지만 복잡한 머릿속과는 달리 장부동의 몸은 이미 두 번째 공격을 날리고 있었다.

272

오른손이 바깥쪽으로 밀려나는 순간, 아예 몸을 측면으로 돌리며 그대로 왼발로 진각을 밟았다.

콰앙!

풀썩 먼지가 피어오르는 순간, 장부동의 좌장이 담기령의 가슴팍으로 날아든다.

옆으로 흘러 버린 공력까지 갈무리해 오히려 더욱 강한 일격을 날린 기가 막힌 한 수.

하지만 더욱 기가 막힌 것은 담기령의 대응.

날아드는 장부동의 좌장을 향해 오히려 한 걸음 안으로 들어서며 양팔을 모아 좌장을 그대로 받아냈다.

암경이라는 것은 정확한 타점에서 경력을 발출해야만 위력이 나타나는 법. 그 타점을 앞당겨 버리면, 그저 근력만으로 휘두르는 평범한 타격 그 이상도 그 이하도 아니다.

퍽!

장부동의 좌장에서 둔탁한 소음이 터지고, 담기령의 양팔이 움직이는 순간 또 한 번 장부동의 왼팔이 옆으로 튕기듯 밀려났다.

하지만 장부동은 이런 상황을 예상이라도 한 듯 재빨리 상체를 비틀며, 뒤이어 날아들 담기령의 반격에 대비했다. 동시에 그의 시선이 천장으로 향했다.

아까 발로 차올렸던 상자가 천장에 닿을 듯 떠올랐다가 다시 아래로 가라앉고 있는 상황.

허공에서 빙글 돌아간 상자의 뚜껑이 열리고, 안에 있던 내용물이 쑥 빠져나와 빠르게 떨어져 내렸다.

혈린검이었다.

재빨리 눈동자를 움직인 장부동의 시야에, 담기령의 당혹스러운 표정이 담긴다. 담기령이 어떻게든 혈린을 쥐는 것을 막으려는 듯 다급히 손을 뻗으려 움직이는 순간.

척!

장부동의 손에 혈린의 검파가 쥐어졌다.

"그 건방진 주둥이를 또 한 번 놀려보아라!"

장부동은 버럭 소리를 지르는 동시에, 왼손으로 혈린의 검집을 쥐었다.

'죽여주마!'

장부동의 얼굴에 싸늘한 미소가 걸렸다. 갑주를 이용한 기묘한 무공을 쓰기는 하지만, 혈린으로 상대한다면 충분히 승산이 있었다.

아들을 위해 백방으로 손을 써 어렵게 손에 넣은 검이었다. 신검이라 부르기에는 손색이 있었지만, 명검을 넘어 보검에 가까운 평가를 받는 물건이었다.

혈린으로 저 갑주를 이용한 무공을 상쇄시킨다면, 충분히 저놈을 잡을 수 있다. 그렇다면 어처구니없는 배상금 이야기도 다시 원점으로 돌아갈 터.

"타앗!"

기합을 내지르며 양손에 힘을 주어 검을 뽑았다.

"흡!"

동시에 장부동의 낯빛이 경악으로 물들었다.

'거, 검이!'

혈린이 검집에서 빠지지가 않았다. 정확하게는, 빠지기는 하지만 뭔가 끈적거리는 느낌과 함께 안에서 무언가가 잡아당기는 듯한 느낌이 전해졌다.

이대로 힘을 주면 뺄 수는 있을 터. 지체되는 시간이라고 해도 극히 짧은 시간이었다.

하지만 적어도 절정에 도달한 고수들에게 그 정도의 시간은 충분히 원하는 바를 이룰 수 있는 순간이었다.

담기령의 신형이 장부동의 품 안으로 쇄도했다. 동시에 장부동은 담기령의 얼굴에 떠오른 싸늘한 미소를 보았다.

'당했다!'

검을 뽑기에는 늦은 시간.

쩔그렁, 파악!

반쯤 뽑힌 혈린검이 바닥으로 내동댕이쳐지는 순간, 두 사람의 쌍장이 맞부딪쳤다.

"끅!"

장부동의 입에서 옅은 신음이 터졌다. 너무 급히 막다보니 제대로 공력을 끌어올릴 시간이 없었고, 그만큼의 타격이 고스란히 전신을 뒤흔든 탓이다.

'내가 이딴 애송이에게!'

장부동은 속에서 울컥 치밀어오르는 노기를 애써 가다듬
었다. 그보다는 전신을 뒤흔든 충격을 해소하고, 몸의 중심
을 잡는 것이 우선이었다.

하지만 그 역시도 장부동의 의도대로 되지 않았다.

타탁!

담기령이 빠르게 바닥을 차며 달려들고 있었다. 이번
에 날아드는 것은 횡으로 긴 호선을 그리며 날아드는 우
권.

장부동의 양손이 크게 원을 그리며 담기령의 주먹을 훑
으며 바깥으로 밀어낸다. 그와 동시에 담기령의 주변에서
요란한 소리가 울려 퍼졌다.

슈아앙, 쉬이익!

세 줄기의 섬뜩한 기운을 포함한 십여 개의 그림자들. 장
부동의 뒤에 서 있던 철문방의 수뇌부 십여 명이, 자신들의
방주의 위험에 체면불구 앞으로 나선 것이었다.

그중 한 사람은 아까 장부동이 바닥으로 내팽개친 혈린
을 뽑아 들었고, 두 사람은 객청 입구를 지키는 방도의 칼
와 창을 받아 든 채였다.

"후읍!"

담기령은 짧게 호흡을 골랐다.

'일단은 셋!'

수적 열세인 상황에서 조금이라도 유리해지기 위해서는,
병장기를 든 세 사람을 먼저 제압해야 했다. 그나마 다행인

점은 십여 명이 한꺼번에 달려드는 난전이라는 점.

쿠웅!

거세게 땅을 박찬 담기령의 신형이, 자신에게 달려드는 십여 명을 향해 저돌적으로 달려들었다.

휘익!

사방에서 손발이 마구 날아들었지만 담기령은 그것들을 완전히 무시했다. 이 정도 난전에서라면, 팔황불괴공으로 갑옷에 기를 두르고 달리는 것만으로도 충분히 공격을 흘리는 효과가 있었다.

그의 목적은 오로지 하나. 뾰족한 기운을 품은 채 일직선으로 찔러 들어오는 혈린검이었다.

차차창!

양손으로 검신을 후려치고, 두 팔로 검신을 밀어낸다.

"헉!"

단 한 번도 느껴본 적 없는 기묘한 감각, 그리고 갑자기 검신을 옆으로 튕겨내는 충격에 혈린을 잡은 사내가 움찔 몸을 떨었다. 하지만 그 순간, 사내의 양쪽 어깨에 담기령의 쌍권이 작렬했다.

순식간에 질러낸 여섯 번의 주먹질에 사내가 비틀거리며 물러서는 순간, 팔꿈치로 사내의 명치를 그대로 올려붙었다.

"크헉!"

무지막지한 통증과 그대로 숨통이 막히는 통증에 사내가

비명을 지르며 나자빠진다.

"이, 이런!"

주변의 사내들이 깜짝 놀라 비명을 외치는 찰나, 담기령의 신형은 칼과 창을 쥔 사내들에게 달려들고 있었다.

"커억!"

갑작스러운 상황에 반응하지 못한 두 사내가 그대로 바닥으로 쓰러진다. 그러고도 담기령의 신형은 멈추지 않았다.

휘익, 퍽!

쉴 새 없이 손발을 휘두르는 순간, 네 명의 사내가 또다시 바닥을 뒹굴었다. 팔황불괘공은 갑옷을 무기로 방어와 공격을 동시에 펼치는 무공. 그리고 중원무림에는 단 한 번도 등장한 적이 없는 전대미문의 신공.

극히 짧은 순간 그것을 단번에 파악할 정도의 안목을 가진 이는, 적어도 철문방 수뇌부들 중에는 없었다.

터엉, 와장창!

사방으로 사람의 몸뚱이가 튕겨 나가고, 객청의 집기들이 무너져 내렸다.

"이놈!"

철문방 수뇌부들이 하나같이 바닥을 나뒹군 순간, 분기탱천한 노성과 함께 섬뜩한 감각이 담기령을 향해 날아들었다.

아까 담기령이 바닥으로 날려 버린 혈린이었다. 그리고

혈린의 검신에는 붉은 검기가 실타래처럼 꼬이며 검신을 감싸고 있었다.

'검삭(劍索)!'

담기령의 얼굴에 흠칫한 표정이 떠올랐다. 절정의 다음 경지인 초절의 상징과도 같은 검삭이 자신을 향해 날아드니 긴장이 되는 것은 당연한 일.

하지만 망설이는 것도 잠시.

'해보는 수밖에!'

쿠웅!

담기령은 날아드는 검삭의 공격권에서 물러서는 대신 오히려 한 발 앞으로 뛰어드는 것을 택했다.

쉐에엑!

싸늘한 파공성을 품은 검격이 담기령의 가슴팍을 찔러 들어가는 순간.

카라라랑!

담기령의 상체가 비틀리는가 싶더니 요란한 쇳소리가 울려 퍼졌다.

"흡!"

장부동이 갑작스러운 상황에 두 눈을 치떴다. 분명 담기령의 가슴을 꿰뚫었다고 생각한 장검이 나무 둥치에 단단히 박히기라도 한 듯 옴짝달싹을 하지 않았다.

'이, 이런!'

장부동의 얼굴에 당혹스러운 표정이 떠올랐다. 자신이

뻗은 장검이, 담기령의 옆구리와 팔 사이에 단단히 끼여 있는 것을 확인한 것이었다.

그 순간, 담기령이 옆구리에 장검을 낀 상태 그대로 상체를 완전히 비틀었다.

"끅!"

검을 익힌 무인이라면, 자신의 검이 빠져나가려는 것을 놓치지 않기 위해 더욱 힘을 주게 되는 것이 당연한 반응이었다.

장검을 잡은 손이, 장검을 끼고 상체를 비튼 담기령의 힘에 못 이겨 그대로 딸려가며 상체가 완전히 무너졌다.

그와 동시에 상체를 따라 담기령의 하체가 왼발을 축으로 획 돌아갔다.

휘이익!

뒤이어 날아든 것은 허공에 긴 호선을 그리며 얼굴을 향해 날아드는 담기령의 오른발.

뼈어억!

머리를 뒤흔드는 무지막지한 충격에 장부동이 그대로 혈린을 놓치며 비틀거렸다.

뒤이어 담기령의 오른손이, 장부동의 목을 스쳐 지나가 그의 뒷덜미 옷깃을 움켜쥐고 그대로 끌어당겼다.

쾅아앙!

힘에 못 이긴 장부동이 그대로 앞으로 무너지고, 머리로 바닥을 들이받았다. 연이어 머리에 가해진 두 번의 충격에 장부동이 혼미한 상태로 정신을 차리지 못하는 사이, 담기령의 발이 엎어진 장부동의 등을 밟았다.

동시에 조금 전 장부동이 놓친 혈린검을 손에 쥐고 장부동의 목덜미에 갖다댔다.

"한 발짝이라도 다가오면 철문방은 이대로 와해될 것이다!"

어느새 몸을 일으키고 달려들려던 철문방 수뇌부들이 황급히 발을 멈추며 뒤로 물러섰다.

"네, 네 이놈!"

장부동이 버럭 소리를 질러 보지만, 담기령은 아무런 반응도 보이지 않았다.

'후우, 다행히 생각대로 되었군.'

담기령이 안도의 한숨을 내쉬었다.

장부동이 자신을 사로잡아 인질로 삼으려 들 거라는 정도는 이미 예상하고 있었다.

일부러 혈린을 먼저 건넨 것도 그런 이유에서였다.

형식상으로는 손님을 맞으러 나온 자리니 무기를 가져오지는 않을 것이고, 상황이 급하게 되면 가장 가까이 있는 혈린을 집어 들 것이라 계산했다.

그래서 혈린을 검집에 넣기 전에, 검집 안에 아교를 잔뜩 흘려 넣었다. 장부동 정도의 고수가 그것을 힘으로 뽑지 못할 리는 없지만, 평소처럼 뽑으려 할 때는 반드시 틈이 생길 테니, 그 틈을 노린 것이었다.

덕분에 장부동에게는 짧은 틈이 생겼고, 담기령은 그것을 이용해 지금의 결과를 만들어낼 수 있었다.

까드드득!

장부동은 턱이 아플 정도로 이를 갈아붙였다. 바닥에 납작하게 깔린 채 목에 칼을 들이대고 협박을 받는, 더 할 수 없는 치욕에 정신이 아득해질 지경이었다.

"네 이놈, 방주님께 무슨 짓이냐!"

철문방 수뇌부들이 아연실색한 표정으로 외쳤다. 장부동이 저런 꼴이 된다는 것은 꿈에도 생각지 못했다.

담기령의 수준은, 아무리 높에 쳐줘도 절정이었다. 그런데 절정을 넘어 초절에 이른 장부동이 저렇게 허무하게 당하다니, 눈으로 보고도 믿을 수가 없었다.

물론, 무공의 경지가 싸움의 승패를 가르는 결정적인 요인은 아니었다. 낮은 수준의 무인이, 자신보다 높은 경지의 무인을 이기는 일은 종종 일어나는 일이었다. 하지만 그리 흔히 일어나는 일이 아닌 것은 분명한 바, 그 일이 자신들의 눈앞에서 벌어질 것이라고는 상상도 하지 못한 것이었다.

"네놈이 이런 짓을 하고도 무사할 줄 아느냐?"

장부동이 여전히 바닥에 납작 엎드린 채 악에 받친 목소리로 물었다. 하지만 담기령은 담담하게 그 말을 받았다.

"협상을 위한 사자로 온 나를 먼저 공격한 건 장 방주 당

282

신이 아니었소? 그렇다면 이리될 수도 있다는 정도는 미리 예상을 했어야지."

"크윽! 네놈을 절대 용서치 않을 것이다!"

"그건 일단 협상을 마무리한 후에 해야 할 이야기가 아닌가 싶소만?"

아무런 두려움도 내비치지 않는 담기령의 목소리에 장부동은 더 이상 말을 잇지 못했다.

"자, 그럼 다시 협상을 재개하는 건 어떠시오?"

"이런 짓을 해놓고 협상을 하잔 말이냐?"

"아까도 말했지만 먼저 시작한 사람은 장 방주 당신이오. 그리고 나도 내 목숨은 소중한데 괜히 당신을 풀어주었다가 다시 공격을 당하면 수가 없지 않겠소? 그러니 이대로 이야기를 해봅시다."

장부동의 눈동자가 격하게 흔들렸다. 머릿속으로는 수많은 생각들이 교차했다.

'이대로 일어난다면?'

지금까지의 태도로 보아 놈의 목적은 분명, 돈이었다. 협상을 통해 돈을 받아내는 것. 그렇다면 자신을 죽이지는 못할 가능성이 컸다.

'아, 아니.'

하지만 이내 생각을 고쳤다. 목에 와닿는 검날의 섬뜩한 살기도 그렇지만, 조금 전의 일을 생각하면 일이 틀어질 경우 무슨 짓을 할지 감이 오지 않았다.

'결국 협상을 해야 하는 건가?'

이대로 협상이 결렬될 경우, 아들은 고사하고 자신의 목숨마저 위험했다.

아들 또한 어딘가에 노비로 팔려가거나 변방으로 보내질 터였다. 물론, 노비로 팔려간 후에 구해오는 방법도 있다. 하지만 저들도 바보가 아닌 이상, 무공을 익힌 자를 그냥 보낼 리가 없었다. 팔다리의 근맥을 끊고, 무공이라도 폐할 것이 분명했다.

"조, 좋다. 십오만 냥을 내지."

결국 장부동이 항복을 선언했다. 지금 시골 촌구석의 세가에 이렇게 휘둘리고는 있지만, 어쨌든 구주부에서 오랜 세월 터를 잡고 있던 철문방이었다. 십오만 냥이 어마어마한 거금이기는 했지만, 내지 못할 정도는 아니었다.

하지만 담기령은 장부동을 내려다보며 고개를 저었다.

"조건이 바뀌었소."

"이, 이!"

장부동은 목구멍까지 치솟은 욕설을 억지로 집어삼켰다.

"협상을 위해 담씨세가의 사자로 온 본인은 해하려 한 그대들의 배덕한 행동이 있었으니, 배상금을 두 배로 올리겠소."

"사, 삼십만 냥!"

거품을 물고 쓰러질 지경이다. 삼십만 냥이라면, 소작을 부치는 전답이나 기루, 객잔 등 땅이나 건물을 제외하고 동원할 수 있는 한계치의 돈이었다.

"네, 네놈들 역시 사자로 왔다는 운담이를 인질로 잡지 않았느냐!"

장부동이 자신의 상황도 잊은 채 버럭 소리를 질렀다. 하지만 돌아오는 대답이, 장부동으로서는 뻔뻔하기가 짝이 없다.

"장운담은 선전포고의 사자로 왔었소. 선전포고를 하러 간다는 것은 목숨을 잃을 가능성도 있는 바, 인질로 잡히는 일 역시 충분히 있을 수 있는 일이오. 하지만 나는 협상을 위해 온 사자가 아니오? 물론, 장 방주가 만약 나를 사로잡았다면 그대의 아들과 교환할 수 있는 인질이 되었겠지. 하지만 잡지 못했으니, 배덕의 대가를 치러야 하는 것이오."

"크, 크윽!"

장부동이 이를 악문 채, 바닥에 짓눌려진 얼굴을 틀어 시뻘겋게 핏발이 선 눈으로 찢어질 듯 담기령을 쳐다보았다. 하지만 방법이 없었다.

'재산은 다시 모을 수 있다.'

꽤 긴 시간 창고가 텅 비기는 하겠지만, 그래도 전답과 객잔, 기루를 가지고 있으니 어떻게든 다시 모을 수 있었다. 하지만 돈을 아꼈다가는 놈이 말한 대로 방도들의 방에 대한 마음이 떠날 가능성이 농후했다.

그럴 경우 방의 앞날은 불을 보듯 뻔했다.

다른 방법이 없었다.

꿀꺽!

힘겹게 마른침을 삼켰다. 이미 결정은 내렸지만, 차마 입이 떨어지지가 않는다. 그래도 말을 해야 했다.

"조, 좋다."

하지만 담기령은 아직 끝나지 않았다는 듯 말을 더했다.

"거기에 장 방주의 목숨값으로 십만 냥 추가하겠소!"

"네 이놈!"

장부동이 피를 토할 듯 고래고래 소리를 질렀다. 하지만 담기령의 얼굴은 아까부터 지금까지 담담하게 짝이 없었다.

"대철문방 방주의 목숨값으로 그 정도면 비싼 것은 아니라 생각하오만?"

"크윽!"

장부동은 이를 악물었다. 하지만 아무런 방법이 없다는 것이 문제였다.

'전장을 통한다면 십만 냥 정도는……'

이자가 걱정스럽기는 했지만 기루나 객잔을 처분하는 것은 타격이 너무 컸다.

'반드시 갚아주마!'

장부동은 피를 토하는 심경으로 다짐에 다짐을 했다. 이
치욕은 반드시 갚아주리라.
　"조, 좋다!"
　"잘 생각했소."

10장
과거의 의문에 대한 의혹

"왜 그러나?"

담기령의 물음에, 말머리를 나란히 하고 있던 기웅천이 화들짝 놀라며 급히 손사래를 쳤다.

"아, 아닙니다요."

"아까부터 빤히 나를 봐 놓고 아니라고 하면 내가 뭐라고 해야 되겠나?"

"험험, 뭐 별다른 건 아닙니다만……."

헛기침까지 해가며 슬쩍 말끝을 흐리는 기웅천의 모습에 담기령은 더 이상 아무런 말도 하지 않은 채 그를 빤히 보았다. 그리고 그 눈빛을 받은 기웅천이 난감한 표정으로 뒤통수를 긁적거렸다.

"그, 그것이……."

말을 하기가 어려운 듯 계속 입을 떼기만 할 뿐 말을 못 하는 기응천의 모습에, 담기령은 가만히 그가 말을 할 때까지 기다렸다.

가주부 부도에 있는 철문방의 총타까지 가는 길은 닷새 정도가 걸렸었다. 그리고 담씨세가가 있는 용천현까지 오는 길은 그보다 하루 정도 더 걸려 오늘로 엿새째. 이제 막 용천현 현도를 지나, 세가의 장원이 있는 우영촌으로 들어서는 길이었다.

가는 길은 철문방이 움직임을 보이기 전에 도착해야 하는 탓에 서둘렀지만, 돌아오는 길은 아무래도 조금은 느긋해질 수밖에 없었던 것이다.

그 엿새 동안 기응천은 툭하면 묘한 눈길로 담기령을 보곤 했었다. 거기에 더해서 세가로 돌아온 첫날에는 그렇게나 살갑게 굴었는데, 이번 길에는 그 태도가 너무 달라져 있었다.

그런 모습이 신경이 쓰이지 않을 수 없었고, 세가에 들어서기 전에 이야기를 한 번 들어봐야겠다고 마음먹은 것이었다.

"아까도 말씀드렸지만 별다른 건 아닙니다요. 그냥 뭐랄까요, 소가주님 성격도 그렇고 여러 가지 예전과 많이 달라지신 거 같아서……."

기응천이 주저주저하며 꺼낸 말에 담기령은 당연하다는 듯 고개를 끄덕였다.

"안 본 지가 무려 오 년일세. 자네는 어떨지 몰라도 나는 그 오 년 동안 참으로 많은 일을 겪었단 말이야. 그러니 예전과 느낌이 많이 다른 건 어쩔 수 없지."

"그거야 그렇습니다만, 아무래도 익숙지가 않다보니……. 말을 붙이기가 예전보다는 어렵습니다."

기응천이 실없는 웃음을 흘리며 뒤통수를 긁어댔다.

"그럴 거 없네. 낯선 것이야 어쩔 수 없지만, 내가 담기령이라는 사실은 분명하지 않은가?"

"헤헤, 그렇지요?"

기응천이 그제야 마음이 편안해진 듯 반색을 하며 고개를 끄덕인다.

"그러니 그냥 내 모습에 적응하고 너무 어려워 말게."

담기령으로서는 기응천에게 나름 고마운 일이 있었다. 세가로 돌아온 첫날, 자신을 할아버지로 오해하고 반가이 인사를 한 덕분에 지금 세가 안에서 자리를 잡을 수가 있었던 것이다.

만일 그날 기응천의 그런 행동이 없었다면, 오 년만에 돌아온 담씨세가의 장자는 미친놈이 되었을 것이고 담고성은 그 모습에 또 한 번 억장이 무너졌으리라.

게다가 낯선 곳에 떨어진 자신을 반갑게 맞이하고, 살갑게 대해 준 것에 대해서도 고마워하고 있었다. 그러다 보니 기응천에게는 조금 더 친근함이 느껴졌고, 이번 길에 동행을 한 이유도 그래서였다.

"크흐흐, 알겠습니다. 제가 소가주님을 어려워해서 속으로는 괜히 서운하셨군요?"

기응천이 다 알았다는 듯 묘한 웃음을 띠는 모습에 담기령은 흠칫한 표정을 지어 보였지만, 딱히 그 오해를 정정하지는 않았다. 괜히 그래 봐야 기응천을 또 한 번 긴장시킬 뿐이라는 생각이 들었기 때문이다.

한결 마음이 편안해진 기응천이 들뜬 목소리로 물었다.

"그나저나 소가주님은 어디서 그런 계략을 배우셨습니까?"

"응?"

"이번에 철문방이랑 싸울 때 말입니다. 철문방 놈들이 네 배나 많은데도 별다른 피해도 없이…… 아차, 그 외당 당주님 일은 안타깝습니다만…… 아, 요놈의 주둥이가!"

말실수를 했다는 듯 자기 입술을 찰싹 때리는 기응천의 모습에 담기령이 괜찮다는 듯 고개를 끄덕이며 처음 했던 질문에 대답해 주었다.

"많은 사람들끼리 싸우게 되는 상황이라면 당연히 생각해야 할 전술일세."

자신을 배려해서인지 실수를 조용히 넘어가 주는 담기령의 모습에 기응천이 멋쩍은 표정으로 고개를 끄덕인다.

"하하, 그렇지요. 소가주님의 신기막측한 용병술에 외당 무인들이 하나같이 혀를 내두르고 있습니다."

"그런가?"

"물론이지요. 소가주님의 그 전술 덕분에 우리 세가의 커다란 위기를 무사히 넘기지 않았습니까? 게다가 소가주님의 그 무공 또한 얼마나 떠들썩한데요."

"무공?"

"예, 갑주를 입고 펼치시는 그 무공 말입니다. 캬아, 뭘 모르는 무식한 놈들은 그 무공이 저기 소림이나 무당파 같은 곳의 무공이네 어쩌네 합니다만 저는 그렇지 않다는 걸 알고 있습니다."

기응천의 자신감에 찬 목소리에 담기령이 피식 웃으며 물었다.

"그럼 내 무공이 뭔지 알고 있는가?"

"에이, 말해 뭘 하겠습니까? 소가주님이 법국에 계셨을 때 그쪽의 신선을 만나신 게 아닙니까?"

"음?"

생각지도 못한 당혹스러운 이야기에 담기령이 멍한 표정을 지었다. 그러다 피식 묘한 미소를 지으며 기응천을 보았다.

예상치 못한 담기령의 반응에 기응천이 무안한 표정으로 뒤통수를 긁으며 슬쩍 눈치를 살폈다. 자신이 또 뭔가 이상한 말을 했나 싶다.

"신선의 무공이라 그 말인가?"

"그, 그런 게 아니었습니까요?"

"아닐세. 그건 분명한 사람의 무공일세."

"에? 그럼 그놈들이 말한 소림사나 무당파 같은 저 높은 곳의 무공이란 말입니까?"

"그것 또한 아닐세. 이 무공은 내가 창안한 무공일세."

물론 거짓말이다. 하지만 한편으로는 거짓말이 아니기도 하다. 팔황불괘공을 창안한 사람은 할아버지인 케인 드레이크였으니 거짓말이다. 하지만 지금은 그가 케인 드레이크의 진짜 모습인 담기령이 되었으니 거짓말이 아니기도 한 것이다.

대답을 들은 기응천의 두 눈이 묘하게 풀어졌다. 존경심과 함께 동경을 잔뜩 담은 눈빛이었다.

거기에 대고 담기령이 놀라운 이야기를 했다.

"자네도 가르쳐 주겠네."

물론 팔황불괘공을 가르쳐 주겠다는 말은 아니다. 하지만 이들에게 전수해 줄 수 있는, 아니, 전수해야만 하는 또 다른 무공이 있었다.

"컥, 그, 그게 무슨 말씀이십니까?"

믿을 수 없다는 표정으로 되묻는 기응천을 향해 담기령이 거짓말이 아니라는 듯 묵직하게 고개를 끄덕이며 말했다.

"내가 쓰는 그 무공, 팔황불괘공은 아니지만 그와 비슷한 것을 전수할 것이네. 자네만이 아니라, 세가의 외당 무인들 모두에게."

아페리온 대륙의 기사들은, 당연하다는 듯 갑옷을 이용

하는 무공을 쓴다. 그러다 보니 각 기사단 고유의 무공들도 있었다.

집단의 전투를 해야 하는 기사단이니, 그 무공 또한 통일이 되어야만 제대로 전술을 짜고 대형을 유지하며 전투를 수행할 수 있기 때문이었다.

당연히 드레이크 공작가의 기사단에도 고유의 그것, 갑옷을 이용한 무공이 있었다. 그것 역시 케인 드레이크가 만든 것이었는데, 팔황불괘공을 기본으로 한 것이었다.

다만 다양한 개성과 제각각 다른 재질을 가진 많은 사람들이 익혀야 하니, 팔황불괘공에 비해서는 깊이가 부족했다. 하지만 그 덕분에 깨달음보다는 우직한 수련만으로도 성과를 얻을 수 있는 무공이었다.

"기갑무(氣甲武), 그리고 철격(鐵擊)이라는 이름일세. 기갑무는 이름처럼 갑옷으로 펼치는 무공이고, 철격은 도법이야."

기갑무는 팔황불괘공의 기초 수련으로 익혀야 하는 무공이기도 했다.

그리고 철격은, 드레이크 공작가의 기사들이 의무적으로 익혀야 하는 도법이었다. 그 자체로도 저돌적이고 호쾌한 도법이었지만, 기사단이 대형을 짜고 돌격할 때 그 뛰어남이 십분 발휘되는 도법이었다.

기웅천이 입을 쩍 벌린 채 담기령을 보았다. 무슨 말인지는 알아들었지만, 현실감이 너무 떨어지다 보니 금방 와 닿지가 않은 탓이었다.

잠시 멍한 표정을 짓고 있던 기응천이 겨우 정신을 차리고 억지로 입을 열었다.

"저…… 소가주님은 저어기 법국에 계셨을 때 그런 싸움을 많이 하셨던 모양이군요?"

억지로 다른 화제를 꺼냈다. 괜히 그 무공들에 대한 이야기를 하면, 자신이 그 무공이 배우고 싶어 안달이 난 듯한 느낌을 줄 것 같았기 때문이다. 그런 자신 때문에 소가주님이 부담감을 느끼면 안 되지 않겠는가.

"그랬지. 전장에서 무려 이 년을 보냈으니……."

대답을 하던 담기령이 갑자기 흠칫하는 표정을 짓더니 말꼬리를 흐리고 가만히 생각에 잠겼다.

'왜 그러셨지?'

문득 과거에 느꼈던 이해할 수 없는 일이 머릿속에 떠오른 탓이었다.

「아버지!」

「왜?」

「하나밖에 없는 아들한테 너무하시는 거 아닙니까?」

「하나밖에 없는지 아닌지는 좀 더 두고 봐야지. 이 아비가 네 어미는 아직도 애틋하단다.」

「지금 농담이 나와요?」

「흠…… 도대체 왜 그러느냐?」

「이번 카드로엔 왕국과의 전쟁 참전 말입니다.」

「그건 너도 가겠다고 하지 않았느냐?」

「그건 저도 알죠. 그런데 기사단 소속 기사도 아니고, 뜬금없이 보병 중대장이라니요?」

「싫으냐?」

「보병 지휘관 전사자 비율이 얼마나 높은 줄 아시면 그런 말 못하시죠.」

「나도 그 부분이 좀 마음에 걸리기는 한다만…….」

「지금이라도 바꿔 주시죠?」

「그럴 수가 없어서 안타깝구나.」

「왜요?」

「할아버지의 뜻이다.」

「네?」

이번 철문방과의 전투에서 대승을 거둘 수 있었던 이유다. 보병중대의 중대장으로, 이백여 명의 보병들을 이끌고 이 년 동안 전장을 누볐던 경험이 있었기 때문이다.

'왜 보병중대장으로 보내신 거지?'

당시에도 품었던 의문이었다. 대부분 귀족가의 아들들은 나이가 차면 기사로서 참전을 하는데, 왜 하필이면 보병중대장으로 보냈던 걸까.

당시에는 그냥 의문이었지만, 지금은 그것이 의혹으로 번졌다.

'설마……. 내가 중원으로 오게 될 거라는 걸 이미 알고 계셨던 건가?'

거기서 끝이 아니다. 의혹은 또 있었다.

'왜 굳이 팔황불괘공이라고 명명하신 거지?'

팔황불괘공만이 아니다. 가전의 도법인 담가도법을 계승 발전시킨 팔황철꿩도(八荒撤轟刀)에 기갑무, 그리고 철격까지 있었다.

그 무공들을, 케르네스 제국어로 지은 이름 외에 중원의 말로 된 이름까지 지으셨을까.

사용하지 않을 이름을 굳이 공을 들여 지을 필요는 없다. 다시 말하면, 사용할 일이 있기에 지은 이름이라고 생각할 수도 있는 것이다.

예전에는 단순히 당신의 고향 땅에 대한 향수라고 생각했지만, 지금은 다른 이유에 대해 생각이 들 수밖에 없는 상황이었다.

'정말 알고 계셨던 걸까?'

그때 옆에 있던 기응천이 말했다.

"아, 저기 장원이 보입니다."

그 말에 퍼뜩 정신을 차린 담기령은, 가시지 않은 의혹을 마음속에 갈무리했다. 고민은 나중에 할 일이었다. 일단은 세가에서 해야 할 일이 있었다.

담씨세가를 한가운데 두고 커다란 판을 짜야 했다. 나눌 이야기도 많았고, 해야 할 일도 많았다.

전쟁 배상금으로 받아낸 은자 사십만 냥은 그 밑거름이 될 테지만, 그 외에도 어마어마한 액수의 돈이 필요하게 될 것이다. 거기에 더해 세가의 모든 이들의 각고의 노력 또한 필요한 일.

"후우!"

담기령은 짧게 심호흡을 하며 무겁게 고개를 끄덕이는 것으로, 스스로를 다잡았다.

"어서 가세. 아버지께서 걱정이 많으실 걸세."

"예, 소가주님!"

기응천의 힘찬 대답과 함께 두 사람은 힘차게 말을 달렸다.

"형님!"

호들갑스러운 목소리와 함께 문이 벌컥 열렸다.

"괜찮으십니까? 다치신 곳은요? 가셨던 일은 어찌 됐습니까?"

한꺼번에 질문을 쏟아낸 담기명이, 지팡이를 짚은 채 쩔뚝거리며 담고성의 집무실로 들어섰다. 지난 전투에서의 부상 때문이었다. 뼈를 다친 것은 아니었지만, 가능하면 다친 다리에 힘을 쓰지 말라는 말에 당분간 지팡이를 사용하기로 한 것이었다.

담고성과 탁자를 사이에 두고 앉아 있던 담기령이 한 가지 대답으로 그 다양한 질문에 대한 답을 했다.

"일이 잘 끝났다."

"후우!"

담기명이 짧은 한숨을 내쉬며 탁자의 빈 의자를 차지하고 앉았다. 소식을 전해온 하인에게 무사히 돌아왔다는 이야기를 들었음에도 직접 보고 나서야 마음이 놓인 것이다.

"일이 잘 마무리됐다고요?"

거듭된 담기명의 물음에 담기령이 고개를 끄덕였다.

"그렇지 않아도 네가 오면 이야기하려고 아버지께도 설명을 미루고 있었다."

담기령은 담기명을 향해 말을 하는 사이 담고성에게로 시선을 돌리며, 품에서 무언가를 꺼냈다.

"확인해 보시지요."

품에서 꺼낸 무언가가 탁자에 놓이고, 담고성과 담기명의 시선이 동시에 그 물건으로 쏠렸다. 가지런히 쌓여 있는 장방향의 종이 뭉치.

"헉!"

담고성과 담기명의 입에서 동시에 신음이 터졌다.

전표. 절강성은 물론 중원 어디에서도 별다른 절차 없이 사용할 수 있는 양황전장의 인장이 찍힌 은자 일만 냥짜리 전표 뭉치였다.

"이, 이게 얼맙니까?"

담기명이 떨리는 목소리로 물었다. 그리고 담기령의 입에서 놀라운 대답이 나왔다.

"일만 냥짜리 전표 마흔 장. 도합 은자 사십만 냥입니다."

"헉!"

또 한 번 신음이 터진다. 은자 사십만 냥이라니. 두 사람으로서는 가늠도 하기 어려운 어마어마한 거금이었다.

"철문방에서 이걸 군말 없이 내줬단 말이냐?"

엄청난 액수의 금액에 담고성이 걱정스러운 목소리로 물었다. 아무리 구주부 전체를 아우르는 철문방이라 해도, 이 정도 돈을 쉽게 내줬을 리가 없지 않은가.

담기령이 옅은 미소를 지으며 대답했다.

"약간의 마찰은 있었습니다만, 큰 문제는 없었습니다."

괜히 그 과정까지 자세하게 이야기해 줄 필요는 없다는 생각에, 담기령은 간단하게 대답했다.

전표 뭉치에 시선을 고정한 채 아무런 말도 잇지 못하고 있는 담고성과 담기명을 보며, 담기령이 설명을 덧붙였다.

"분명한 전표이긴 합니다만, 아직까지 사용할 수 있는 전표는 아닙니다."

"음?"

"포로들을 모두 송환한 후에, 장운담을 양황전장을 통해 돌려보낸 후에야 사용할 수 있는 전표입니다."

"아아."

담고성이 천천히 고개를 끄덕였다. 포로들과 장운담을 두고 한 협상이니 그 정도 조건은 당연했다.

"그에 대한 보증은 양황전장의 구주부 총괄 전주가 해주었으니 이제 포로들만 제대로 돌려보내면 됩니다."

"그래, 알았다."

하지만 여전히 집무실에는 정적이 맴돌았다. 이 정도로 어마어마한 금액의 돈은, 한 세가를 운영하고 있는 담고성으로서도 처음 보는 탓이었다.

놀랍기도 하고 한편으로는 걱정스럽기도 한 거액을 보니 머릿속이 멍해질 수밖에.

그 어색한 적막을 깨기 위해 담기령이 입을 열었다.

"숙부님의 장례는 잘 치렀는지요?"

그제야 다시 현실로 돌아온 담고성이 살짝 고개를 흔들어 멍해진 정신을 추스렸다.

"그래, 장례는 잘 치렀다. 그런데……."

슬쩍 말끝을 흐리는 담고성의 모습에 담기령이 시선을 주며 물었다.

"말씀하세요."

"유성이의 위패를 아직 영좌에 올리지 않았다."

"네?"

무슨 말을 하는 건가하는 생각에 고개를 갸웃거리는 담기령의 반응에, 담고성이 힘든 표정으로 말을 꺼냈다.

"숙부의 위패는 네가 직접 영좌에 올렸으면 하는데, 네 생각은 어떠냐?"

영좌(靈座)는 집안의 위패를 모셔놓는 자리로, 삼년상을 치르는 동안은 위패를 이 영좌에 둔다. 그리고 삼년상이 지나 탈상을 한 후에야 그 위패를 사당에 봉안하는 것이, 중원의 장례 절차였다.

"아……."

기억 속의 할아버지를 통해 들었던 이야기를 떠올린 후에야 담기령은 담고성의 말을 이해하고 고개를 끄덕였다.

담유성이 가문의 배신자라는 사실은, 절대 바뀔 수 없는 분명한 사실이었다.

그리고 그 죄에 대해 가장 강경한 태도를 취한 이도, 담유성의 속죄 방법에 대해 말을 꺼낸 이도 담기령이었다.

담고성은 죄에 대한 처벌은 어쩔 수 없지만, 숙부를 죽음으로 내몬 사실만을 두고 보며 그것은 담기령이 죄를 지은 것이라 생각하는 것이었다. 그러니 직접 위패를 영좌에 모시고 용서를 구하는 것이 어떠냐는 의미였다.

하지만 한편으로는 배신에 대해 아주 강경하고 적대적인 태도를 취했던 담기령이니, 위패를 모시는 것 또한 거부하지 않을까 하는 걱정 또한 들었기에 쉽게 말을 꺼내지 못했으리라.

담기령은 그 의미를 모두 알아들었고, 그렇기에 고개를 끄덕인 것이었다.

'참, 정이 많은 분이시라 해야 하나?'

담기령은 그런 생각을 하는 한편으로는 걱정도 되었다. 하나의 단체를 이끄는 사람이, 이성보다 감정이 앞서게 되면 참으로 많은 어려움을 겪을 수밖에 없다는 것을 알기 때문이었다.

지난 전투에서, 담유성이 있는 곳으로 무인들을 이끌고 가버린 것도 같은 맥락이었다.

'그 부분에 대해서는 차근차근 이야기를 하는 수밖에 없지.'

그러는 한편, 기응천과 이야기를 나누었을 때의 의혹이 고개를 들었다.

'세세한 장례 절차까지 알려준 건, 역시 내가 중원에 오리라는 걸 아셨다는 뜻인가?'

하지만 지금은 그에 대한 생각을 할 때가 아니었다.

"그런 정도야 당연히 해야지요."

이러니저러니 해도 지은 죄에 대해서는 정리가 된 상황이었다. 그리고 단순히 세가의 배신자에 대한 처벌이 아닌 세가를 구했다는 명예도 얻을 수 있는 방향으로 처벌을 생각한 것 또한 담기령 본인이었다.

끝까지 자신의 죄를 모르고 거부했다면 모르되 스스로 자신의 행동에 책임을 지고 수습을 한 이상 별다른 감정이 남아 있지 않았다.

시원하게 나온 담기령의 대답에 담고성이 그제야 한숨 돌렸다는 표정으로 미소를 지었다.

"그래, 그리 생각해 주니 고맙다. 나중에 네 숙모와 기천이에게 가서 위로라도 해주어라."

"알겠습니다."

담고성의 얼굴이 편안해지는 것을 본, 담기령이 자연스럽게 다음 이야기를 이어갔다.

"이 돈은 아버지가 관리해 주세요."

"응? 그, 그래."

세가의 전쟁으로 얻은 돈이니 당연한 일이었음에도 담고성은 왠지 공으로 얻은 것 같은 묘한 기분에 어색하게 고개를 끄덕였다.

"그 대신……."

뭔가 단서를 붙이려는 담기령의 말에 담고성이 저도 모르게 전표 쪽으로 뻗어가던 손을 흠칫 떨었다.

"응?"

"이번에 고생한 세가의 무인들에게 넉넉하게 포상해 주십시오."

"포상?"

잠시 멈칫하며 낯선 표정을 짓던 담고성이 이내 고개를 주억거렸다.

"그래, 그러는 것이 좋겠구나."

세가의 무인은 세가를 위해 싸우기 위해 세가에 속해 있는 사람들이었다. 그들이 세가의 전투에서 고생을 하는 것은 당연한 일이었다.

넉넉하고 인정 많은 성격에, 세가의 무인들은 물론 세가의 땅에 소작을 부치는 소작농들에게도 온정을 베푸는 담고성이었다. 세가에 좋은 일이 있거나 하면 크게 잔치를 열어주거나 많은 것을 나누어주기도 했었다.

하지만 일일이 전투를 치를 때마다 포상을 한다는 것에 대해서는 특별히 개념이 정립되어 있지 않다보니 조금 낯선 느낌이 들었던 것이다.

그래도 세가를 위해 목숨을 걸고 싸우는 무인들을 위해서는 당연한 일이라는 생각에 별다른 이견 없이 동의한 것이었다.

"포상의 정도는 아버지께서 총관과 상의하신 후에, 과하지 않은 정도로 해주십시오. 너무 과한 포상도 좋지 않습니다."

"그래, 알았다."

포상에 대한 대화가 마무리되고, 담고성의 집무실 안에는 다시 정적이 맴돌았다. 거액의 돈을 두고 이야기를 나눈 다음이라 그런지, 딱히 다른 할 말이 생각나지 않은 탓이었다.

짧은 적막을 깬 사람은 담고성이었다.

"그럼 유성이의 위패를 옮기는 것은 언제가 좋겠느냐?"

갑작스러운 정적이 어색해, 아무 말이나 꺼내 본 참이었다.

"아, 지금 당장에라도 상관은 없습니다만……."

"그럼 이제 막 돌아온 참이니, 내일 그렇게 하자꾸나."

"예, 알겠습니다."

중년의 부인, 그리고 소년이 향을 피워놓은 영좌를 향해 절을 올리고 있었다. 부인의 이름은 양소련, 소년의 이름은 담기천으로 죽은 담유성의 아들과 부인이었다.

담기령으로서는, 세가로 돌아온 후 갑작스레 일이 터지는 바람에 그것을 처리하느라 직접 얼굴을 보는 것은 오늘이 처음이었다.

양소련과 담기천이 절을 마치고 옆으로 물러선 후, 담기령이 천천히 앞으로 나서서 절을 올렸다.

'좋은 곳으로 가십시오.'

담기령은 진심을 담아 마음속으로 말을 했다. 한때 나쁜 마음을 먹고 세가를 배신했었지만, 어쨌든 자신의 죗값을 치르고 세가를 위해 죽음을 맞이했으니 더 이상 별다른 감정이 없기 때문이었다.

"상심이 크시겠습니다."

일련의 절차가 끝난 후, 담기령이 양소련에게 말을 건넸다. 담기령은 걱정스러운 목소리로 말했지만, 양소련의 표정을 의외로 담담했다.

"괜찮다. 이것도 그 사람의 명이겠지."

그런 양소련의 반응에, 담기령은 지금까지는 느끼지 못했던 미안한 기분을 느꼈다. 하지만 그것은 어디까지나 담기령이라는 개인으로서 느낌일 뿐, 세가의 소가주로서 가지는 감정은 아니었다.

'어?'

갑자기 담기령의 두 눈에 이채가 서렸다.

'설마?'

그의 시야에 들어와 있는 광경은, 담유성의 위패를 지긋이 바라보는 양소련의 옆모습이었다.

'당숙모님은 알고 계셨던 건가?'

차분하게 가라앉아 있지만, 그 깊은 곳에 원망이 담긴 양소련의 눈빛 때문이었다. 이제 겨우 서른둘의 나이로 남편을 여읜 여인의 모습 치고는 너무 담담한 이유도 어쩌면 그것일지도 몰랐다.

남편의 배신도, 그리고 그 배신의 결과로 죽음을 맞이했다는 것도 어느 정도 짐작하고 있을 가능성이 컸다. 항상 살을 맞대고 사는 것이 부부였다. 그런데 평소와 달라진 남편의 모습을 눈치채지 못했을 리가 없었다. 그러니 알고 있었다고 생각하는 쪽이 맞으리라.

'으음……'

모르면 상관없지만, 알고 있었다면 이건 문제가 될 수도 있는 부분이었다.

그때, 양소련이 침울한 표정으로 서 있는 담고성에게 다가가 말했다.

"아주버님께 긴히 드릴 말씀이 있습니다."

"말씀하시오, 제수씨."

"기천이를 데리고 제 고향으로 가서 지냈으면 합니다."

"그, 그게 무슨 말씀이오? 기천이도 우리 담씨세가의 핏줄이고, 제수씨 역시 우리 집안의 사람이 아닙니까?"

마음이 여리고 정이 많은 담고성으로서는 절대 있을 수 없는 일이었다. 하지만 양소련의 눈에는 흔들림이 없었다.

"깊이 생각하고 내린 결정입니다."

"고향에는 아무도 남아 있지 않은 걸로 알고 있는데, 여자 혼자 아이를 키우며 산다는 건 힘든 일이오."

그때 담기령이 두 사람의 대화에 끼어들었다.

"아버지."

"응? 아, 그래 령아. 네가 숙모를 좀 말려보아라."

"아니에요."

"그게 무슨 말이냐?"

"숙모님께서도 이미 마음의 결정을 내리신 듯하니, 그 뜻을 존중해 주시는 게 좋을 것 같습니다. 우리가 주기적으로 살피고 계속 도움을 드리면 큰 문제는 없을 겁니다."

"하, 하지만⋯⋯."

아들의 말이 못마땅한 듯 담고성이 얼굴을 굳혔다.

'진실을 알든 모르든 숙모님의 생각에 따라주는 것이 세가로서도 좋다.'

여자 홀로 자식을 키우며 산다는 것은 분명 힘든 일이었다. 그러니 가족의 입장에서는 말리는 것이 옳았다. 하지만 이것은 세가 전체를 생각하고 결정할 문제였다.

양소련이 담기천과 함께 세가에서 나간다면, 훗날 혹시

모를 분란의 여지를 없앨 수 있었다.

'주기적으로 찾아가 보살펴 주면 감시 또한 할 수 있으니 걱정할 것도 없지.'

너무 매정한 생각일 수도 있었지만, 세가를 이끌어 가기 위해서는 옳은 결정이었다.

담기령은 조심스러운 눈길로 아버지와 숙모의 표정을 살폈다.

'일단은 좀 더 이야기를······.'

어쨌든 무엇도 확실하지 않은 상황이었다. 대화를 해서 숙모가 어떤 생각을 품고 있는지 살펴보아야 했다.

"숙부님의 위패는 어찌하시렵니까? 가시는 곳으로 옮겨 가는 것보다는 장원에 따로 영좌를 마련해 놓는 것이 좋을 것 같습니다만."

"하지만 기천이가 매일 아버지에게 인사를 올리는 것이 좋은 듯하구나."

"그렇기는 합니다만, 숙부님은 기천이의 아버지인 동시에 저희 세가의 외당 당주셨습니다. 또한 세가를 지키기 위해 자신의 목숨을 버리신 분이기도 합니다. 그러니 나중에 세가의 사당에 모셔야 하는 만큼, 장원 안에 두는 것이 좋지 않을까요?"

양소련의 두 눈이 이채를 띠었다. 지금 담기령의 말이 어떤 의미를 품고 있는지 어렴풋이 느꼈기 때문이었다. 단순히 위패를 어디에 두는지의 문제가 아니라, 죽은 남편의 명예에 대한 이야기였다.

그와 함께 다른 의미 또한 들어 있다는 것을 눈치챘다.

'알고 있구나.'

양소련은 남편의 배신에 대해 알고 있었다. 그리고 그것이 발각되었기에 죽음을 맞이했다는 사실 또한 알고 있었다. 그렇기에 세가를 떠날 마음을 먹었던 것이었다.

조카는 지금 그런 일련의 사정을 눈치채고 저리 말을 걸어오는 것이 분명했다. 동시에 어떤 생각으로 세가를 나가려는 것인지에 대해서 묻는 말이기도 했다.

"후우."

양소련이 옅은 한숨을 내쉬며 숨을 골랐다. 남편의 배신에 대해 알고 있었고, 그것이 명백히 남편의 잘못이라는 것도 알고 있었다. 그렇기에 마음속에 맺힌 것은 없었다. 오히려 그런 실수를 한 남편의 명예를 지켜준 것에 대해 고마운 마음이 있었다.

남편이 배신자가 되어 죽었을 경우, 어린 아들의 마음에 커다란 상처를 남길 수도 있었기 때문이었다. 남편이 다른 마음을 먹었던 그 순간, 어떤 방식으로든 남편의 앞날은 정해져 있었다. 원망스럽기도 했지만 이미 죽은 사람을 원망해 봐야 남는 것은 커다란 응어리뿐이었다.

이제 생각해야 할 것은 하나밖에 없는 아들의 앞날이었다. 어미로서 이제 아들에게 해줄 수 있는 것은, 남편의 명예를 지켜주고 자식의 앞날을 이끌어 주는 것뿐.

그래서 세가를 나가고자 마음 먹었던 것이다. 그리고 조카가 그 결심의 속뜻을 물어오고 있었다.

"그렇다면 그 사람의 위패는 장원 안에 모셔놓는 걸로 하자꾸나."

양소련의 말에 담기령이 천천히 고개를 끄덕였다.

이 정도라면 숙모님은 마음을 비우고 아들과 함께 조용히 살기를 원하는 거라 보아도 무방했다. 혹시나 모를 만약의 경우가 있으니, 주기적으로 사람을 보내 정황을 살피면 충분하리라.

아들과 제수의 이야기를 들으며, 뭐라 말을 해야 할지 몰라 난감해 하는 담고성을 향해 양소련이 한층 가라앉은 목소리로 말했다.

"아주버님."

"예, 제수씨."

"저는 어미로서 기천이가 무인의 삶을 살지 않았으면 하고 바랍니다. 그러기 위해서는 세가와는 조금 떨어져 사는 것이 좋다고 생각합니다."

"그거야 장원에서 지낸다 해도……."

뭐라 말리려던 담고성이 당혹스러운 얼굴로 말을 얼버무렸다. 확고하게 마음을 굳힌 양소련을 자신이 설득할 수 없다는 데 생각이 미친 것이었다.

"아, 알겠소이다. 하지만 세가에서 제수씨와 기천이가 편히 지낼 수 있도록 돕고, 주기적으로 찾아가 살펴보는 것은 허락해 주시오."

"그렇게 해주신다면 저로서는 감사한 일입니다."

양소련은 끝까지 차분한 목소리로 말을 마치고, 천천히 허리를 숙였다.

'역시 할아버지는 알고 계셨던 거야!'

자신의 방 의자에 앉아 팔짱을 낀 채 고개를 치켜들고 천장을 쳐다보는 담기령의 두 눈에 확신의 빛이 떠올랐다.

'아까의 내 결정도 그렇고······.'

양소련이 담기천을 데리고 세가에서 나간다고 했을 때, 담기령은 그래야 한다는 결론을 먼저 내렸었다. 그러한 판단은, 개인적인 관계를 포함한 그 어떤 것보다 세가 전체를 우선시 하는 결정이었다.

그리고 저쪽 세상에 있을 당시, 케인 드레이크가 그 무엇보다 강조했던 사고방식이었다. 물론 드레이크 공작가를 꾸려가야 하니 그것을 훈련시켰을 가능성도 있었다.

하지만 케인 드레이크의 직계는, 그를 포함해 겨우 세 명. 개인의 정에 흔들릴 만한 여지가 적었다. 그러니 결국 이때를 가정하고 상황을 살펴 냉정한 결정을 내리는 훈련을 시켰을 가능성이 컸다.

그뿐만이 아니었다.

「원래 가장 위에 있는 사람은 직접 움직이지 않고 사람을 부리는 법이잖아요!」

「그거야 우리 공작가처럼 큰 세력이라면 그렇지.」

「어차피 서는 공작가의 후계자라고요. 그러니 그때를 위해서라도 제가 직접 움직이기 보다는, 적재적소에 필요한 사람을 밀어 넣고 그들에게 명령을 내리는 게 맞다고요.」

「사람은 자신의 상황에 맞게 움직여야 하는 법이다. 지금의 너는 겨우 마을 세 개밖에 없는 아주 작은 영지의 영주 입장이니, 직접 움직이며 영지를 관리해라.」

열일곱에 보병 중대장으로 참전한 헤인스가, 고향으로 돌아왔을 때는 이 년의 시간이 흘러 열아홉의 나이였다. 그리고 귀향하자마자 주어진 일은, 드레이크 공작령에 속해 있는 아주 작은 소영지의 운영이었다.

그 당시, 케인 드레이크는 헤인스가 맡은 영지에 고문을 자처하며 머물고 있었는데 가장 심하게 참견을 했던 것이 바로 운영의 방법이었다. 직접 일을 하느냐, 사람을 움직이느냐의 문제에 관해서.

'내가 이곳 담씨세가로 오게 될 걸 아셨기 때문에 그런 방식을 강요하셨던 거야.'

당시에는 정말 이해할 수 없다고 투덜거렸었다. 그런데 지금의 상황을 미리 알고 있었다면 설명이 가능했다.

'미리 경험을 시켜 주신 거였어.'

보병 중대장으로서, 일반 병사들과 함께 전장을 구른 것도 마찬가지였다. 직접 경험을 통해 몸으로 체득하게 만든 것이었다. 다시 말해, 일종의 안배인 것이다.

손자에게 일어날 일을 알고 있었기에, 손자가 당황하지 않고 앞일을 헤쳐 나갈 수 있도록 미리 경험하게 만들었다는 뜻이다.

"쳇, 미리 알고 계셨으면 귀띔이라도 좀 해주시든가 마법 물품이라도 좀 챙기게 해 주시지. 하다못해 돈 될 물건이라도 왕창 좀 몸에 지니게 하시던가."

불만스러운 목소리로 구시렁거렸지만 진심이 묻어 있지는 않았다. 이런 일이 일어나지 않도록 막아주지 않았다는 원망 또한 없다.

만약 막을 수 있는 방법이 있었다면 분명 그리하셨을 거라는 걸 알기 때문이다. 그러니 무엇보다 값진 것을 미리 준비해 준 것이다.

억만금을 줘도 살 수 없는 '경험'이라는 것을.

"어? 설마 아버지도?"

담기령이 갑자기 멍한 표정으로 중얼거렸다. 갑자기 머릿속에 떠오른 일이 있었다.

「어쩐 일이냐? 영지를 다스려야 할 영주가 자리를 비우다니. 쯧쯧!」

「너무 그러시지 말고 얘기 좀 하시죠?」

「무슨 얘기?」

「어제 스타인 후작이 찾아왔었다고 들었는데요?」

「그래서?」

「그래서는 무슨 그래서예요? 무슨 얘기를 하러 왔을지 불을 보듯 뻔한데. 크흐흐, 스타인 후작가의 영애가 제국 최고의 미인이라는 건 이미 세상이 다 아는 일이잖습니까?」

「넌 아직 멀었다.」

「아버지!」

「가서 일이나 해라.」

"넌 아직 멀었다가 아니라, 넌 어차피 딴 데로 갈 놈이니 괜히 결혼해서 생과부 만들지 말라는 거였군요."

제국의 귀족들은, 이르면 열일곱에 이미 혼담을 주고받는다. 결혼하는 것은 대략 열아홉 때부터지만, 그전에 이미 서로의 짝을 정해두는 것이다.

제국 최고의 가문인 드레이크 공작가의 외아들이라면 최고의 신랑감인 것은 굳이 말할 필요도 없는 분명한 사실. 헤인스의 경우에는, 겨우 열다섯 살 때부터 여기저기서 혼담이 물밀듯 쏟아졌었다.

하지만 아버지는 그 모든 혼담을 일언지하에 거절했었다. 그리고 그 이유를 이제야 알게 된 것이다.

"내 신세도 참⋯⋯."

긴 한숨을 내쉰 담기령이 마지막으로 한마디 덧붙였다.

"아, 할아버지. 제가 여기로 올 걸 아셨으면 말도 안 되는 허풍이라도 치지 말지 그러셨어요."

조금 섭섭한 마음이 들기도 했다. 그리고 아쉬움 또한 고개를 들었다.

'하아, 미리 좀 알려주시지…….'

그랬으면 제대로 인사라도 하고 올 수 있지 않았겠는가.

"후우!"

갑자기 벌떡 몸을 일으킨 담기령이 깊은 심호흡을 했다.

'어쨌든 이제는 더 고민할 일도 없겠군.'

이 정도의 정황이라면 오해일 가능성은 없었다. 더 이상 고민할 것도 없는 명백한 상황이었다. 그렇다면 남은 것은 앞으로 이 중원에서 살아갈 날에 대한 것뿐.

'이제부터가 진짜 시작입니다, 할아버지!'

〈『무림영주』 제2권에서 계속〉

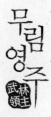

武林領主

1판 1쇄 찍음 2013년 3월 5일
1판 1쇄 펴냄 2013년 3월 8일

지은이 | 윤지겸
펴낸이 | 정 필
펴낸곳 | 도서출판 뿔미디어

편집장 | 이재권
기획 · 편집 | 심재영
편집디자인 | 이진선
관리, 영업 | 김기환, 임순옥

출판등록 | 2002년 9월 11일 (제1081-1-132호)
주소 | 부천시 원미구 상3동 533-3 아트프라자 503호 (우)420-861
전화 | (032)651-6513 / 팩스 032)651-6094
E-mail | bbulmedia@hanmail.net

값 8,000원

ISBN 978-89-6775-212-5 04810
ISBN 978-89-6775-211-8 04810 (세트)